Marie Petitcuénot

Ce qui gronde

Flammarion

Marie Petitcuénot est représentée par Catherine Farin.

ISBN : 978-2-0802-5215-9

« Que ce qui gronde prenne maintenant toute la place. »

Laurent Gaudé, *Paris, mille vies*

Le bruit des pas derrière moi qui se précipitent pour composer le Digicode. Les premiers arrivés, les cris, les déçus, les glissades, les traces de semelles de l'un sur le pantalon de l'autre. Tout est normal. Je pose la main sur la grille glacée de l'entrée. Je vous attends. J'attends que vous retrouviez votre calme, que vous rentriez dans l'ordre. Je ne pense plus à rien. Je sens votre présence. Au bip, je pousse la grille. Vous essayez de passer tous les trois en même temps par l'entrebâillement de la porte. Elle n'est toujours pas assez large. Chaque matin vous le répète. Vous faites votre géométrie collective à coups de pied, de bousculades et de capuches retenues en arrière. Ça finit par se régler comme une mêlée de rugby. Avantage aux plus lourds. Tout me va. Notre dimanche soir est déjà bien avancé.

La cour est plongée dans la nuit et la douce promesse des guirlandes de décembre. La lampe tempête s'allume sur notre passage. Les pavés sont luisants et familiers. Vous vous dirigez vers notre bâtiment. Je m'attarde, je prends une bouffée de calme furtive. Les branches d'hiver découpent et strient notre part de ciel. Vous prenez quelques mètres d'avance et l'allure d'une portée de jeunes chiots. Il y a d'abord toi, ma fille, onze ans d'une liberté de forcenée. Et puis il y a toi, mon fils, qui viens d'avoir neuf ans, la douceur alliée à la rêverie. Enfin, il y a toi, ma bébée de cinq ans, rousse, solaire. Vous envahissez la cour tous les trois, vous vous frôlez, vous vous emmêlez, vous vous percutez en lançant des regards inquiets vers moi. Les deux grands s'allient contre toi, ils essaient de te faire trébucher. Ils pensent que je ne les vois pas.

Tout le monde s'engouffre bruyamment dans les escaliers étroits. Ensemble, vous êtes le principe de l'assourdissement. Vous me demandez la clé, vous essayez de la tourner dans la serrure, vous forcez, vous êtes à deux doigts de la casser, sans succès. J'ouvre la porte, vous poussez derrière moi. J'arrête tout le monde. J'énonce les règles, une fois, mille fois. Les manteaux à pendre dans le placard de l'entrée, les chaussures à ranger, les petites mains à laver et les devoirs à réviser. Après on peut discuter. Vous savez tout ça. Je fais le tour du salon pour allumer toutes les lampes. Les dessins de Noël que vous avez faits sur les murs reprennent vie à côté du sapin décoré à votre hauteur. Au passage, je découvre qu'une ville de Playmobil se dresse désormais dans une étroite vallée entre le canapé et le bureau.

Quand je regagne la cuisine, vous êtes à demi assis sur les bancs de la grande table, à demi les uns sur les autres. Vous les grands, vous brandissez simultanément deux demandes d'autorisation de sortie avec l'école, vous me les montrez comme on abat des cartes. Maman, cette fois, pour une fois, tu viens avec nous, la maîtresse a besoin de parents. Je dis non. Je dis non tout de suite, par réflexe. Non, je ne peux pas. Mon regard embarrassé. Ce n'est pas possible, mes chatons. Mais pourquoi. Oui, pourquoi. Tu ne viens jamais. J'ai du travail, des réunions, je n'ai pas le temps. Et puis je l'ai déjà fait. Les longues marches sur le trottoir, sous la pluie. Le décompte affolé des enfants qui me sont confiés. Ceux qui tombent, ceux qui pleurent, ceux qu'on voudrait gifler. Sur place, ils n'écoutent rien. Les autres parents calmes, dévoués, jamais le moindre haussement de sourcils. Vous me montrez l'endroit où signer. Vous ravalez votre déception, vous avez l'habitude maintenant. Toi ma fille, tu lâches, sans animosité : on a compris, tu l'aimes, ton travail. C'est tellement vrai, et j'espère que tu trouveras un travail que tu aimes autant. Vous rangez vos papiers, on vérifie les devoirs de la semaine, on repasse une dernière fois les leçons.

Et puis à un moment, vous laissez tout tomber, vous chahutez, vous m'interpellez, vous vous coupez la parole. Vous posez des questions qui se croisent et qui s'emmêlent. Vos corps tendus vers moi, vos yeux pleins d'attente, vos voix qui se durcissent, vos voix comme des lance-pierres infatigables toujours pointés sur moi. Je ne comprends plus rien, je quitte un bout de phrase pour me cogner contre un autre, je commence à répondre, puis je m'arrête. Je ne distingue plus rien. Je lève la main pour attirer votre attention, et je dis doucement, je dis sans élever le ton, sans colère, je parle juste comme on demande une trêve : s'il vous plaît, ne criez pas tous les trois en même temps, vous me donnez mal à la tête. Alors toi ma bébée, tu me regardes en pétillant, tu plantes tes yeux dans les miens et tu dis : si j'étais toi, je n'aurais pas d'enfants. Moi qui me demande si j'ai bien entendu, si j'ai bien compris. Soufflée. Toute la table qui s'arrête, la chape qui tombe. Tu le vois, tu le sens, alors tu ajoutes doucement : parce que comme ça, si tu n'avais pas d'enfants, tu n'aurais plus mal à la tête. Il n'y a plus que ta voix flûtée dans l'atmosphère. Victoire par KO.

Lettre I

Les familles heureuses se ressemblent toutes, les familles malheureuses sont malheureuses chacune à leur façon. Ce sont les premiers mots d'*Anna Karénine*. Nous ne sommes pas malheureux, je crois. À l'inverse, c'est toujours difficile, c'est toujours fugace, d'être heureux. Un peu provocateur aussi, on a peur d'agacer le destin. Je ne sais pas si nous sommes heureux, mais j'aimerais que nous soyons sincères, de cette sincérité puissante qui partage, qui offre, qui veut aller au fond. Même derrière les sourires, derrière les phrases qui parlent toutes seules, derrière ce qu'il faudrait faire.

Je vous écris à tous les trois depuis que vous êtes nés. Je vous écris au-delà de la fatigue et des cris. Je vous écris au-delà des mots que l'on pourrait se dire en face, au-delà des phrases que je n'ose pas prononcer. Je vous écris aux uns et aux autres des lettres que je glisse dans mon placard avec vos noms griffonnés sur une enveloppe. Des lettres au goût presque posthume. Dépêche-toi de leur dire.

Depuis quelque temps, une forme d'urgence s'est installée. Une urgence de vous. Le sens d'une menace, un souffle chaud et rauque. L'urgence de vous parler à vous, maintenant. Tout s'accélère. Je ne veux plus m'arrêter. Il me faut vous dire.
Je vous écris du fond de l'angoisse et de la peine, au bord de la joie et de la légèreté. Je vous écris ce que je n'ai pas le temps de vous dire dans ce quotidien qui ne me laisse pas en placer une. Dans ce quotidien qui épuise mes mots, qui lessive ma parole. Ces quotidiens qui s'empilent et forment une couche opaque entre le fantasme exalté de la maternité et la réalité impatiente des jours.
Je vous écris pour faire reculer la possibilité de la mort, je vous écris pour devenir immortelle. J'écris pour vous parler toujours, pour maintenir le flot, pour continuer à vous protéger.
Quand je vous écris, je suis seule, vous êtes loin, je ne vous vois pas. J'écris pour une fulgurance de vous, pour ce que vous avez inscrit en moi : une joue rosée au réveil, une fossette, des yeux qui plissent, de la poésie. Le son absolu de vos éclats de rire. Quand je vous parle et que vous êtes en chair et en os devant moi, je trébuche, je cède sous les comparaisons faciles, je deviens le pire des colonels de gendarmerie. Ce n'est jamais le bon moment.
Je vous écris pour rester au plus près de la sensation de vous. Pour la déplier, pour la palper, pour la retenir aussi.

Je veux me noyer dans la sensation de vous. Je veux attendre qu'elle prenne des couleurs, des saveurs, je veux apercevoir les mots qui arrivent et les laisser dévaler sans surveillance. Je veux retenir la succession des intuitions de vous, la violence des sentiments qu'il faut démêler délicatement avec les mots. La culpabilité, l'amour, les peurs, la colère, la tendresse, l'espoir, l'angoisse, l'étouffement parfois.
Vous écrire comme on ne cache rien, vous écrire comme une annexe aux contes pour enfants. Ce serait tellement insensé de passer ma vie à vous raconter une fausse histoire de moi, un roman de nous. Bien sûr, je ne vous dirai pas tout, à personne je ne dirais tout, ce n'est pas fait pour ça, le cœur, la tête, la demi-folie. Je veux vous laisser une trace de nous et vous donner ma version de l'histoire. Vous dire la rage face au temps qui passe et qui m'effacera du cours de votre vie, du flot de vos souvenirs. Face au temps qui me retire tout, petit à petit, sans pause, sans empathie. Ce temps qui ne me laisse aucune chance de vous aimer assez, aucune chance de m'arrêter pour reprendre mon souffle, pour vous regarder.
Je suis cette femme-là, cette mère-là, indécente, immature, indisciplinée. Je vous écris mes actes de résistance. Ce n'est pas à vous que je résiste. Je vous écris pour vous laisser entièrement libres. Vous ferez ce que vous voudrez de vos regards, de vos haussements d'épaules, de votre filiation. Libres d'embrasser l'amour que j'ai pour vous ou de le détester. Libres

de trouver cela impudique ou d'y puiser plus de force.
C'est un acte de foi, envers vous, envers ce qui nous unit. C'est un acte de foi envers la vie pleine, la vie entière, la vie qui se contredit. Regarder en face la peur et la joie, face à vous et au temps qui passe, dire qu'elles peuvent cohabiter, dire que parfois il faut sortir des rôles et des mots. Ne pas toujours vous demander de fermer vos manteaux. Écouter vos histoires plutôt. Ne pas vous demander de vous tenir bien à table, tout ça pour être à hauteur des siècles et des générations. Danser et sauter partout. Refuser de jouer avec vous, parfois. Dire que j'ai toujours détesté ça. Dire que je préfère les câlins. Être l'enfant. Aller au bout des émotions, même si elles se débattent, même si elles font des dégâts. Raconter ce que je veux au reste du monde, mais pas à moi-même, pas à vous, parce que c'est la seule solution, si on veut continuer à vivre. Je vous écris. Je ne vois pas quelle autre promesse je peux vous faire. Que chacun fasse sa proposition au monde. On sera jugés sur pièces.

Du gris et du marron, avec des touches de vert sombre. Rien de joyeux. Rien de lumineux. Même le gris du ciel manquait d'ambition. Du vert un peu sale, entre les dalles de ciment. On avait tous un peu froid, je crois. On n'était pas tout à fait secs de l'averse. Plusieurs heures de marche. Ou à peine une heure. Ça nous a paru long à nous, à vous non. On croisait des gens, des familles surtout, avec des doudounes de couleurs différentes, des accents régionaux différents, des enfants qui eux se ressemblaient. Les mêmes baskets usées, les mêmes joies, les mêmes fatigues agitées. On les recroisait. On se reconnaissait, on se disait bonjour, on se souriait. On voyait bien qu'on n'était plus à Paris. Les lions, on les avait vus. Les éléphants, ils étaient tristes, pelés, confinés, à l'intérieur, dans des box terreux. Ou alors c'était moi qui étais triste. Pas d'air, pas de ciel. Le brun de la terre, de la paille moisie. Les pandas bien sûr, avec la photo de la marraine, la première dame de France. Il y a d'abord toi, ma fille, toi qui as fait de nous des parents. Ton caractère tranché, tes regards qui taillent, ta présence à couper au couteau. Tes boucles brunes, tes postures de danseuse, tes sourires de défi. Tu es un roc, tu es le principe de l'intégrité. Et toi, mon fils, tu es le principe de la tendresse. Mon fils, un petit garçon comme on en voit dans les livres du *Petit Nicolas*, un petit brun aux cheveux drus, au regard de malice, un petit garçon aux côtes saillantes et aux baskets défoncées. Toi, ma bébée, tu réclames la vie, tu veux ta part, toi et tes mollets ronds, toi qui ne négocies avec rien ni personne. Tu es le principe de la dictature.

Les grands se perdaient loin devant nous, derrière des cabanes. Mais très vite, toi, ma bébée, on voyait que tu attendais autre chose. Tu marchais, tu ne disais rien. Tu n'étais pas fatiguée. Tu te préparais. Ta petite main dans la mienne. C'est quand les loups. Tu as seulement dit ça. Et puis rien. Seule la détermination parlait dans ton regard. Au détour d'un grand bout de terrain ravagé par la pluie et l'automne, des vagues de familles nous ont fait tanguer, de droite à gauche, dans des interstices de marée humaine. Nous occupés à vous compter, partout, toujours, pour être sûrs. Les loups. On ne les voyait pas. On ne voyait rien que du gris et du marron. Des mottes d'herbes alourdies, des étendues d'eau noire, des troncs, des rochers. Pas de loup. Tu étais déçue. Et puis mon regard a été attiré par une masse multiforme, grise parmi les gris, une masse agile et compacte. Toutes les familles étaient sur le point de partir, déjà lassées. Soudain les yeux se sont tendus, les index ont montré, les enfants ont été soulevés et projetés sur les épaules, semelles terreuses contre doudoune, personne ne s'en inquiétait. Toi, ma bébée, tu étais concentrée derrière les barrières transparentes. Tu ne voulais pas qu'on te porte. Tu voulais être seule face à eux. Et soudain, je te les ai montrés. Une armée de loups, lents, dézingués, pleins de terre, des chiens au regard sûr. Tu les as vus et tu es montée au plus haut de la barrière. Ton petit corps tendu. Tu voulais menacer leur territoire. Eux, la meute de loups, ils ne te voyaient pas. Des visiteurs, c'était toujours la même histoire pour eux. Ils se sont approchés depuis l'autre bout du terrain. Ils ont sauté au-dessus des rochers mollement, sans effort, ils ont contourné les mares. Ils suivaient un loup superbe, presque blanc, un loup plus sculptural que les autres. Ils se sont approchés comme pour en remontrer aux familles amassées qui les observaient.

Tu ne pouvais pas les quitter des yeux, avec ta doudoune rose, ton cache-col en fausse fourrure. Tu les regardais passer du haut de tes petites pointes de pied, du haut de tes quatre ans, tu as crié. Dans le vent, dans le gris et le marron. « J'ai pas peur de vous. » Je n'étais pas sûre d'avoir bien entendu. Je n'ai rien voulu dire, tu étais en train de fabriquer ton propre antidote, je n'avais rien à voir là-dedans, tu n'avais pas besoin de moi. J'ai pas peur de vous !

Ce qui gronde

Des mois de cauchemars avec des loups. Des mois d'histoires du soir, des dizaines de livres choisis pour exorciser ta peur. J'ai pas peur de vou-ou-ous ! D'un seul mouvement, la troupe des loups a fait demi-tour, ils sont repartis dans le gris et dans le marron. Ils ont disparu derrière les rochers froids. Le gros loup est resté un temps, à quelques mètres de toi. Il s'est allongé. Tu ne l'as pas quitté des yeux. Puis il s'est levé avec nonchalance, il a suivi la tribu, il t'a tourné le dos. À aucun moment tu n'as détourné le regard. Il a disparu à son tour derrière les troncs et les carcasses de terre. Tu étais la dernière debout. Tu n'as plus jamais fait de cauchemars.

Lettre II

Longtemps, je suis restée une enfant. Ça s'est arrêté récemment. Brutalement. Un jour j'ai compris. J'étais assise et ceinturée dans un long-courrier, en proie à une petite peur banale de la mort en avion, presque une pure formalité de peur. Pourquoi ce jour-là, pourquoi ce trajet, peu importe. La peur a résisté, elle a envahi l'habitacle, elle a broyé mon immortalité. J'ai compris brutalement ce que d'autres ne regardent pas vraiment, ce qu'ils ne sentent pas vraiment. Ils le savent bien sûr, tout le monde le sait. Il y a certains adultes qui l'ont su et qui ont voulu l'oublier. Ils ont préféré rester des enfants. À croire qu'un jour succéderait toujours à l'autre. À croire qu'il n'y avait pas d'irréparable, pas de limite. À croire qu'on pourrait toujours bricoler un demain. À ne pas voir le problème.

Et puis un jour, c'est entré, ça s'est frayé un chemin entre mes côtes et mon sternum, et alors, j'ai su. Personne ne me l'a dit, pas plus que la veille, pas plus bruyamment que les discussions de comptoir

habituelles, ces phrases abrutissantes d'être répétées, transmises, menaçantes, idiotes. Personne n'est éternel. *Carpe diem.* Vivre tant qu'il est encore temps. Profiter du temps présent. Toutes ces antiennes qui sonnent creux, qui sonnent mal, qui ne sonnent même plus. Toute ma vie, je les ai entendues. Il faut vivre dès maintenant, parce qu'on ne sait pas. On n'a qu'une vie. Mais ça ne voulait rien dire, ces phrases de facilité.
C'était longtemps avant votre naissance. Dans cet avion, ce jour-là, j'ai su que j'allais mourir. Pas seulement en théorie, pas seulement comme on raconte une histoire. J'ai su qu'il n'y aurait plus mon regard sur le monde. Qu'il n'y aurait plus de monde, plus pour moi. Un jour, la finitude s'est installée et elle n'est plus jamais repartie. À tout moment, au lieu de voir le ciel, au lieu d'entendre de joyeux convives, j'étais au fond de moi-même, seule avec mon vertige, concentrée pour ne pas tomber. Pendant des mois, j'ai vécu avec lui, j'ai cohabité avec lui. Des mots impossibles à partager. Il n'est jamais devenu familier. Peu à peu, il s'est fait une place au creux de mon ventre. Il ne s'est jamais apaisé. Il a tout gardé de sa morsure. Tout ça pour ça. Tous ces efforts, se raisonner, se dépasser, se modérer, se cultiver, surmonter, pardonner. Volatilisé. Il y a cette menace-là. Et autour de moi, personne ne se révolte. Je ne comprends toujours pas.
Peu de temps après la secousse, j'ai trouvé un médecin des angoisses. Il m'a donné quelques réponses,

pourquoi et quand le vertige se réveillait. Éros et Thanatos. Quand j'ai annoncé ma première grossesse à mon médecin, il m'a dit : vous les femmes, vous cessez d'avoir peur de la mort quand vous donnez naissance à votre premier enfant. Cette vérité n'a pas marché pour moi. C'est mieux comme ça. Je préfère que toi, ma fille aînée, tu n'aies pas à porter le poids de mon immortalité sur tes petites épaules. Que tu n'aies pas, avec ton visage, avec ta voix, à me guérir. Tu n'as jamais été un médicament. Et tu n'as jamais été le sens de ma vie. Ça aurait été trop petit pour toi, de toute façon.

Vous êtes des enfants et je n'en suis plus une. Depuis que j'ai été emportée par un torrent au fond de moi-même, sans les mots pour le dire, avec le sentiment qu'à partir de ce moment, toujours, il y aura l'angoisse. Le temps qui soudain devient un marqueur, un séparateur, une denrée rare. Le temps qui coule et ne s'arrête jamais. Le temps qui n'a que faire de moi et de mon deuil de l'enfance et de l'éternité.

Le temps est devenu un personnage de ma vie. Il s'est mis entre elle et moi, entre vous et moi parfois. Le temps est devenu un allié et un ennemi. Ça dépend des moments, ça dépend de la compagnie ou de l'épaisseur de la nuit. Le temps existe pour moi, s'est mis à exister. Il s'impose. Pour vous, il n'existe pas, il n'est qu'un obstacle gênant avant vos vacances, votre anniversaire. Il n'est pas une menace, il n'est pas un péril. Le temps, c'est d'abord mon problème à moi. C'est cela peut-être qui nous différencie, ce qui nous sépare. Je scande le temps, j'égrène le temps, je sais qu'il y a un mot fin et qu'on en perd définitivement la parole. Savoir que je vais disparaître, malgré vous. Vous faire ça à vous, faire ça, disparaître sans vous. Je vous interdis de disparaître avant moi. Aucun de vous trois n'y est autorisé, c'est le seul droit que je ne vous céderai jamais.

Cette angoisse, je la porte sans cesse depuis. Elle m'attrape parfois au moment où je suis sur le point de m'endormir. Rarement. Votre père le sait. Il n'a rien à dire, il ne peut rien dire. Il me serre contre lui. Et on continue parce que la vie est là, parce que la vie est une évidence. Vous trois, vous êtes là. On continue et je me lève chaque matin, je vous réveille, les uns après les autres, avec vos odeurs de nuit, vos grognements, vos cœurs qui battent, avant tout. Vos cœurs qui battent, c'est ça qui compte d'abord. La vie du matin. La vie dure comme fer.

Les familles se regroupaient par grappes en bousculant un peu les chaises. Certaines s'étaient habillées pour l'occasion, avec des manteaux sérieux, des pantalons neufs et des chaussures cirées. Toujours le regard digne, une forme de silence, de tranquillité. La tentation de la solennité. Quelques personnes esseulées, âgées surtout. Une vraie sévérité. On ne se sentait pas vraiment dans notre élément. On avait un peu froid, pas au début avec les manteaux et la marche pour venir, mais après quelque temps, un froid qui saisissait légèrement les mains et le nez. Le reste du corps, non. Les chaises faisaient crier le sol de pierre. Le sol en damier usé, limé, fatigué par les pas, par les siècles. Vous n'étiez alors que deux, votre sœur n'était pas née. Vous n'étiez pas habillés de manière festive. On était venus comme on était. Nous en pantalon de week-end, en baskets. Vous en chaussures râpées et vos visages encore tachés du petit déjeuner. Vous vous regardiez l'un l'autre, vos yeux comptaient déjà les minutes comme des heures. Vous disparaissiez ensemble. Du bruit au loin. Une chaise qui tombait, un son métallique. Où vous partiez, je ne voulais pas le savoir, il me suffisait de suivre les regards offusqués des paroissiens. À côté de nous, quelques chapeaux, de beaux manteaux, des fratries assorties bien léchées. Nous attendions vos grands-parents et votre tante avec nos papiers déjà cornés à la main. La corvée de messe annuelle.

Le temps s'installait tranquillement dans toute la hauteur des voûtes. La paille des chaises qui en avait vu d'autres. Le grincement des pupitres en métal lourd, les pas feutrés des officiants qui s'agitaient, qui s'égaraient, qui se sentaient importants. Le mouvement ample et imposant de leurs robes. Quelques-uns s'étaient assis, comme des statues, comme des contempteurs de la foule, comme des vieillards qui économisaient leurs mouvements. Ils ne regardaient personne. Le ballet des laïcs peut-être. Les rangs se sont resserrés d'un coup. Il n'y avait personne et soudain on ne voyait plus rien, que des têtes inconnues. Vos grands-parents n'arrivaient pas. Les sourires timides, les doigts qui pointaient la place libre d'à côté en s'excusant. Les papiers glissaient, les enfants trouvaient le temps long et trébuchaient sur les pieds de chaise. Les parents avaient déjà des bébés plein les bras. Toi, ma fille, tu as profité d'un moment de silence clair pour lancer haut et fort :

« Ça, c'est la messe ! »

Ce qui gronde

Tu as récolté des regards de toutes les couleurs, des sourires amusés, des moues consternées. Alors je t'ai attirée à moi, pendant que ton frère léchait la barrière en fer forgé à quelques mètres de là, et je t'ai expliqué ce dimanche de Pâques. Tu avais quatre ans.

Tu vois, tous les ans, on se souvient de la mort de Jésus. Le vendredi saint, Jésus est mort. Et d'ailleurs, tu te souviens, c'est pour ça qu'on ne mange pas de viande ce jour-là.

Pourquoi ? Parce que c'est lui qui devait acheter la viande ?...

Depuis, qu'il s'agisse de la Bible, d'un recueil de poèmes, de la biographie d'une grande femme de l'Histoire ou même d'une recette de cuisine, j'ai toujours envie que ce soit toi qui inventes la fin de l'histoire.

Lettre III

Vous m'avez souvent demandé de vous raconter votre naissance. Dans vos yeux, la malice, la gourmandise, mais aussi l'inconfort de vous imaginer nouveau-nés, incapables de rien. Vous avez été boulimiques de mes récits de vous, de mon désir de vous d'abord, de ce ventre rond où vous étiez nus, à l'étroit mais protégés, et puis des premières sensations de vous. Pourtant, entre nous, les choses n'ont pas très bien commencé. Tous les trois, vous m'avez tous fait le coup, les uns après les autres. Le séjour à la maternité est la plus grosse arnaque de ma vie.

Pour vous donner naissance, j'ai dû braver les couloirs décrépis, la peinture qui s'effrite, la couleur douteuse des murs de la maternité. J'ai attendu des médecins qui ne savaient pas, des sages-femmes qui levaient les yeux au ciel, des aides-soignantes qui criaient mon poids dans les couloirs.

Quand je vous ai eus, j'ai atterri dans des draps de sanatorium autrichien. Au-dessous, une planche rembourrée d'un plastique sûrement interdit par l'Union européenne. Il y avait des barreaux sur les côtés du lit, un unique fauteuil au design effondré, des néons qui vous donnaient même des cernes à vous, mes bébés tout neufs. Le cordon pour l'appel d'urgence qu'on évite au début, qu'on ne lâche plus ensuite. J'avais d'abord imaginé que ce cordon m'apporterait du soutien, des aides-soignantes qui m'aideraient, me rassureraient, me consoleraient. J'ai vite compris. Celles qui débarquaient généralement, c'étaient des femmes de mauvaise humeur qui avaient mieux à faire, qui me disaient tout et son contraire, mais toujours avec une voix de reproche. Pour vous, à trois reprises, je me suis avancée dans un vestige de salle de bains, sur un sol de lino et de prison. Quelque part une bonde pour l'écoulement des eaux sans bac et sans rideau, des toilettes sans lunette de plastique. En levant les yeux, une pomme de douche accrochée à une attache sur le point de renoncer.

Au moment où votre père a quitté la maternité, je me souviens d'avoir regardé chacun d'entre vous pour la première fois, vraiment regardés. Sans rien faire, sans y faire attention, j'avais fabriqué des yeux, une bouche parfaitement ourlée, un petit nez doux, des cheveux parfois. Tout à coup, j'étais votre seul recours. Je me sentais trop petite pour vous, mais je n'avais plus le choix. Je me souviens de ces heures nocturnes où vous aviez les yeux ouverts, où vous étiez repus et propres. Nous nous regardions. Moi, avec mes cernes. Vous, avec votre regard vitreux de nouveau-né. Ce ballet incontrôlable de vos mains minuscules. Cette petite langue de tortue qui pointait sans cesse hors de votre bouche. Ce nez au milieu du visage qui vous faisait loucher en sursautant quand vous l'aperceviez. Ma voix qui vous calmait, qui vous apaisait, qui vous attirait. Ce n'était pas une rencontre, c'était une collision. D'une limpidité inouïe. Chacun d'entre vous m'a mise à nu comme personne ne l'avait fait. Ces moments nous lient à jamais, même aujourd'hui dans les petits bras de fer du quotidien, dans les frustrations et dans l'exaspération, avec vos visages qui changent et qui se déforment au rythme de votre croissance. Ou plutôt ils me lient à vous à jamais. Vous, vous ne vous souvenez de rien, vous ne me devez rien. Je le sais. Mais pour moi, c'est différent. Je ne veux pas inventer quelque chose de plus grand que nous, à ce moment-là.

Et pourtant, objectivement, nous avions mal commencé. Je ne vous ai pas tout raconté. Ce temps de la maternité m'a laissé un goût de traumatisme. Aujourd'hui encore je ne peux pas regarder la moindre femme à la maternité, dans un film, sans que les larmes ne me montent aux yeux. La gorge qui se serre. Ça ne rate jamais. Cours, pars, ne te retourne pas et ne reviens plus. Mais je suis revenue à deux reprises pour vous. J'ai dû tout supporter. Ma tante que je vois une fois tous les cinq ans qui pousse la porte de la chambre sans s'être annoncée,

au moment où j'avais aligné tous les astres pour quelques minutes de repos. La grand-mère de votre père qui s'assoit à côté de mon lit et s'offusque de notre choix de prénom, un prénom sans sainte… Son air pincé quand elle me dit, sans même me regarder, qu'accoucher sous péridurale ce n'est plus qu'une formalité, rien du tout. Avant c'était mieux, c'était plus douloureux, on savait ce que c'était qu'être une femme, on le sentait passer et c'était bien comme ça.
Ces femmes qui frôlaient l'homicide et qui repartaient sans en avoir la moindre idée.
Tous ces autres quittaient ma chambre et je pouvais enfin laisser mon air béat, arrêter de donner le change. Arrêter de jouer à la Vierge à l'enfant. Plus le monde me reconnaissait, plus il me nommait – jeune mère, puis mère de famille nombreuse – et plus j'étais seule. Seule avec cette colère inavouable de ne pas pouvoir dormir deux heures de suite, seule avec les cris de nuit. Seule à m'accuser de ne pas savoir faire. Seule avec la culpabilité surtout. Je devrais savoir, je devrais aimer ça, je devrais profiter. Tout était trop lourd. Rien de tout cela n'était moi. Rien ne sonnait juste. Il n'y a que votre père qui savait. Les larmes, mes je ne sais pas, mes je ne vais pas y arriver, mes comment font les autres. La terre qui s'ouvrait sous mes pieds. Pourquoi personne ne nous prévient. Pourquoi personne ne prend de nos nouvelles. Pourquoi tout le monde joue le jeu des paroles convenues et puis rien que le silence. La

solitude, le silence de soi, le silence en soi. Pourquoi on ne nous dit rien. Toutes ces femmes qui passent la porte de votre chambre, celles qui ont déjà eu des enfants et qui ne disent rien. Elles regardent ailleurs, elles jouent la comédie. Pas une pour planter ses yeux dans les miens. Toi, est-ce que ça va vraiment ? Si c'est trop difficile, je suis là. Si c'est trop difficile, c'est normal. Tu n'es pas une mauvaise mère. Mais personne n'était là. Que des sourires cousus de rubans roses.

Ces lueurs de nuit blanchâtre suffisaient au baby blues, mes seins explosaient et une petite bouche me blessait. Pour toi, ma fille, alors que j'utilisais un embout mammaire, une sage-femme est entrée dans la chambre, en évitant soigneusement mon regard. D'un air offusqué, elle a lancé : je suppose que vous n'allaitez pas pour mettre du plastique entre votre bébé et vous ? J'allaitais par curiosité, par conformisme, par héroïsme. Et je faisais ce que je pouvais. Pour toi, mon fils, la sage-femme m'a demandé à plusieurs reprises si ton père allait revenir. Il était en train de dîner près de la maternité avec des amis, puisque le col hésitait. Oui, il allait revenir. Vous êtes sûre ? Parce que là, il n'est pas là. Elle voulait savoir si je pensais allaiter. Non, j'avais déjà donné. Vous avez encore quelques heures pour changer d'avis. Dans le même mouvement d'humeur, elle a regardé ostensiblement sa montre : le père n'est toujours pas là ? Ça commence à faire longtemps qu'il est parti. Vous êtes vraiment sûre qu'il va revenir ?…

Ces femmes ont une place en enfer et elles ne le savent pas.
Avec chacun d'entre vous, un univers s'est ouvert, un prénom, un regard, vous étiez tellement de possibles à la fois que nous étions ivres de vous, ivres de l'idée de vous. J'aurais voulu vous découvrir loin de la maternité, loin de la société. S'il n'y avait eu que vous et moi. S'il n'y avait eu que votre père. On aurait tout traversé, on se serait tenu chaud, on aurait pleuré, on aurait rêvé. Mais la société exigeait que votre père aille travailler. Elle voulait en permanence m'entendre dire combien j'étais heureuse. Et surtout, ne pas parler d'épisiotomie, d'hésitations, d'épuisement, de séquestration. J'avais accouché et on m'avait enfermée dans une image d'Épinal du bonheur. Dans cette image, les jeunes mères sont rayonnantes, elles ne souffrent pas de crevasses, elles sont rassurantes. C'est le plus beau jour de leur vie. Elles sont les mères du monde entier, elles sont le principe de sécurité, elles sont la possibilité de la tendresse. La promesse de l'aube. C'est une pièce qu'on rejoue de mère en fille. Des rôles bien huilés que l'on doit à la perpétuation de l'espèce. Je n'ai jamais aimé le théâtre. Je ne sais pas composer. J'ai tout détesté. Ce rapport forcené à la terre entière au moment où je n'avais envie que d'intériorité et de silence. Ce langage de la maternité à base de bonheur acharné. Il m'a manqué l'intimité d'une conversation à peur ouverte. Il m'a manqué la simplicité de pouvoir dire que j'étais perdue et que

peut-être je n'étais pas faite pour ça. On ne peut pas le savoir à l'avance. L'éventualité du doute et de la vérité dans les interstices.
À la maternité, nous avons pris des photos en noir et blanc. Des photos à trois, à quatre, puis à cinq. Des photos qui parlent d'âge d'or. Elles mentent mais on leur pardonne. Au-delà de votre fragilité de nouveau-nés, de votre vulnérabilité, c'est moi qui avais besoin de réconfort. Nous nous sommes rencontrés sur cette blessure-là. Vous n'y pouviez rien. On a fait ce qu'on a pu et c'était suffisant, c'était bien. Au fond de moi, l'émerveillement, l'épuisement et la détresse se livraient une sourde bataille. Je sais maintenant que c'était normal. Vous, vous n'y pouviez rien.
La maternité est une hypocrisie qui se perpétue de génération en génération. Un mensonge qu'on respecte tous. Je ne comprendrai jamais. On nous fait croire qu'on est nées pour ça, qu'on va y arriver, que c'est dans nos gênes. Forcément, on saura donner les bains qui glissent, enfiler les bodys en taille naissance à des bébés en chiffons. On sous-entend qu'on va aimer ça. Peut-être qu'on ne va pas aimer ça. On ne le dira jamais. Peut-être qu'une moitié entière de l'humanité n'est pas génétiquement programmée pour avoir toujours un bébé qui pleure dans les bras. Peut-être qu'on n'est pas toutes faites pour l'interminable huis clos avec un nourrisson. Peut-être qu'on préfère lire et regarder le ciel. Peut-être qu'on est mieux dans la chaleur d'une soirée

avec des amis. Ça paraît fou, ça leur paraît dérangeant à tous.
Le plus beau jour de notre vie. Le dos qui ne sait plus où il en est, le ventre qui bâille et la zone du slip qui crie. Le jour le plus insensé de notre vie. Le séjour à la maternité nous raconte que nous sommes des mères désormais, sacrificielles, épanouies enfin. On nous dit comment vous aimer, comment vous parler, comment parler de vous. On nous encadre, on nous maîtrise.
Vous ne m'avez jamais posé de questions sur les quelques semaines du congé maternité. Quand je t'ai ramenée, ma fille, à la maison, ma mère a absolument tenu à être là pour nous, pour moi, pour rester avec moi au moment où ton père repartait travailler. Quelle chance j'ai eue. Quand je pense à ces femmes sans personne, sans conjoint, sans mère, sans regard, sans répit. Ce que je lui dois. Ton père était reparti presque tout de suite. Il aurait voulu rester, il disait qu'il aurait voulu rester. Mais il y avait des sangliers à tuer, une famille à nourrir. Tout cela aussi était plus puissant que lui. Il revenait tous les soirs en me demandant si je m'étais reposée. Je ne comprenais pas la question.
Les jours se sont succédé comme on tombe dans un puits sans fond. Tes cris permanents, ta fureur sans motif, les journées dépossédée de moi-même, le corps qui hurle, la fatigue qui ne l'entend pas. Ma mère a été auprès de moi quand j'ai pleuré d'impuissance, de révolte et d'incompréhension. Elle m'a dit, moi aussi j'ai pensé que je n'y arriverais jamais, crois-moi. Tu

étais devant moi, comme ta fille aujourd'hui. J'avais cru que ce serait facile, que je saurais d'instinct. Mais non. Moi aussi j'ai pleuré comme toi. Elle avait les larmes aux yeux, des larmes qui avaient attendu trente ans et ce moment de nous. Mais regarde-toi, tu es là, tu vas bien. Tu n'as pas besoin de savoir à l'avance, tu n'as pas besoin d'articuler que c'est facile. Tu vas y arriver. J'y suis arrivée. Vous aussi, vous avez grandi, vous savez parler, vous avez votre pensée. Je n'oublie pas ces mois de détresse, ce mois de douches furtives, les couloirs arpentés sans plus savoir si le jour a vaincu la nuit. Je n'oublie pas l'enfermement et la torture du manque de sommeil. Je n'oublie pas les visites des proches, les cadeaux, les doudous et mon angoisse à l'idée de reprendre notre huis clos. Mais vous avez grandi et je n'ai jamais eu besoin de vous raconter. Vous avez grandi et je sais que ces mois de dépendance, où je n'ai jamais pu dire qui de vous ou de moi menait la danse, n'étaient pas faits pour moi. J'ai mis longtemps à comprendre. On pouvait laisser tout en suspens, je n'étais pas obligée de finir mes phrases. On pouvait attendre, de guérir, de savoir, de sentir. Les grands discours, les signes extérieurs de maternité, tout pouvait attendre.

Personne ne peut me dire quel sera le plus beau jour de ma vie. Je ne veux pas savoir. À quoi ça sert, sinon, le reste du temps, tout le reste de la vie.

Nous sommes dans un musée et ce qui m'arrête, c'est la photo de Pablo Picasso dans un appartement un peu désuet. On y voit des moulures, de grandes portes en bois vieilli, un parquet sur lequel on peut compter. Du point de Hongrie, évidemment. Une porte au fond est entrouverte, vers un cabinet de toilette peut-être. Partout, des œuvres, des dessins, des sculptures, des livres, beaucoup de fleurs aussi, vivantes ou séchées. Tout près de lui, un guéridon très minimaliste, un trépied en métal avec une petite tablette ronde, plus fine qu'on ne pourrait l'imaginer. À gauche, une sculpture noire d'un visage qu'on voit de profil, un peu flou au milieu de plusieurs mois de laisser-aller, de laisser-poser. Autour de moi, les autres visiteurs du musée marchent, s'arrêtent, regardent. Ils me bousculent un peu, très peu, très poliment. Personne ne parle, ils n'osent pas. Nous sommes trois ou quatre côte à côte, je ne les connais pas, parfois je suis seule, ça ne dure jamais très longtemps, mais je suis là et je regarde moi aussi. Lui, on le voit très bien, c'est lui qui est le plus net au milieu de tout ça. À côté du guéridon, il y a un fauteuil en bois noir. Je ne sais pas s'il est peint ou si c'est du bois d'Indonésie. Mais lui il est là, il ne nous regarde pas. Il est absorbé dans la lecture de son journal, on ne voit pas de quel journal il s'agit, ni quel article ou quelle rubrique, on en voit juste assez pour savoir que c'est un journal, un bon vieux journal de papier. Lui, il a la main sur son visage en signe extérieur de pensée ou de réflexion. Il porte un manteau de mi-saison, un pantalon rayé de bagnard, si ce n'était ses chaussettes, remontées jusqu'au genou avec de gros motifs en losanges comme celles que j'avais quand j'étais adolescente. J'ai encore le souvenir électrique de l'acrylique au bout des doigts quand on tirait dessus. Des mocassins clairs, classiques, des mocassins de maison de campagne. Il y a deux petites lumières à gauche, au milieu de tout le reste, à côté des boîtes, des livres, des presse-papiers. Elles l'éclairent de côté, elles éclairent son journal et son crâne nu. Des lunettes en écaille de tortue, plus de cheveux.

Il n'est pas vautré, mais légèrement affalé. Il est chez lui. Les visiteurs continuent d'aller et venir. Moi je reste. C'est ce moment-là le plus beau. Lui qui lit son journal. Il ne peint pas, il ne dessine pas, il ne pose pas. Il ne peint pas, c'est ça qui m'intéresse. Ce temps non artistique de lui, cette non-mise en scène qui est peut-être l'aboutissement même de la mise en scène. On ne le voit jamais comme ça. Il lit son journal, c'est le cœur de la banalité. Comme s'il disait que ce temps-là était incompressible. Laissez-moi lire, vous les passants. Ils ne négociaient pas, lui et son journal. Il y a moins de passants soudain. Il est tard pour un musée. Je vous cherche des yeux. La petite qui court partout, qui disparaît d'un côté, reparaît de l'autre, se prend partout les foudres des gardiens. La grande qui écoute tout, qui ne rate rien, collée à son père, sans relâcher son regard de consternation pour sa petite sœur. On a dû persévérer pour venir : la fois d'avant c'était trop tard, les salles fermaient. Alors on a dit qu'on reviendrait la semaine prochaine. C'était trois mois auparavant. Mais on est revenus et mon fils, toi, tu fais la gueule. Avec ta tête de fond marin qu'on a éclairé trop brutalement. Tes yeux qui tombent, ta bouche qui n'est pas d'accord, ton teint qui se vide de son sang, tes chaussures qui traînent et qui piétinent notre éducation culturelle. On ne fait jamais rien, on n'a jamais le temps de jouer avec toi aux toupies, tu voudrais qu'on fasse des choses, en plus on ne voyage pas comme ton meilleur ami. Tu veux qu'on passe plus de temps avec toi, qu'on éteigne les ordinateurs. Un jour, ta grande sœur nous avait demandé de danser avec elle. Et vous posez vos téléphones. Ta petite sœur trouve que huit dessins de licornes, c'est quand même pas beaucoup. On n'a jamais le temps de rien. Et pour une fois qu'on a du temps… tout mais pas ça, tu n'avais jamais demandé à venir au musée. Mon fils, on te déçoit.

Je prends sur moi, je t'attire avec moi, contre moi pour regarder la photo qui me retient depuis quelques minutes. J'essaie de te dire, les lumières, Picasso qui ne peint pas, Picasso qui lit son journal, les œuvres autour, les chaussettes, même. Si on jouait à deviner ce qu'il est en train de lire. Tu ne réponds à rien, tu ne regardes rien. Tu as fermé les portes. Tu te dégages de mes bras, mais ta moue tu ne veux pas la quitter : de toute façon, il est moche, Picasso ! Quel beau moment nous avons partagé.

Lettre IV

Depuis quelque temps, je ne ressens plus rien. Le lever sans légèreté, la dictature de l'horloge qui nous poursuit jusqu'à l'école, le sport, les rendez-vous, les déjeuners du monde extérieur, puis le retour à la maison, le sens du devoir, factuel, émotionnel. Les promesses qui attendent la nuit, les petites joies que je cherche à créer pour vous. Vous êtes pétris, pourris de ces petits plaisirs, ils s'effritent, il y a eu trop de petits déjeuners cuisinés trop tard la veille au soir, avec mes yeux qui pèsent et mon dos qui râle. Ces plaisirs deviennent des acquis, des meubles, ils sont devenus votre minimum. La fin de la série *L'Épouvanteur* sur ton bureau, ma fille, sans que tu l'aies demandée, de la tarte aux pommes maison, les bols japonais qui t'avaient fait envie dans une vitrine. Pas mal, si tu veux. Et puis mon coucher, la tête qui hésite entre la migraine et l'extinction. Parfois pour rien, malgré les tartes et les hachis : l'angoisse qui m'empêche de sombrer dans le sommeil, l'angoisse qui résiste, qui broie tout, qui tord

tout, l'angoisse absurde qui ne respecte rien, la conscience écorchée qui projette les mauvaises couleurs, les mauvaises textures. Celles de l'inquiétude et de la panique. Pour rien. Des insomnies pour rien. L'affreuse conscience du bord de nuit.
Toute la journée, je fais ce qu'il faut faire, ne rien oublier surtout. Faire tout ce qu'il y a à faire, sans faiblir, sans lâcher. Je suis anesthésiée à force de répéter les consignes, à force de redonner les mêmes réponses aux mêmes questions. Quand vous me coupez la parole sans relâche, quand je trébuche sur mes avec toi, c'est toujours pareil. Tu n'y penses jamais, il faut toujours se fâcher, on vous l'a déjà dit mille fois. Quand on ne rit même plus... Tout ça, au lieu de vous prendre, de vous toucher, de vous sentir, de laisser le temps qu'il faut à nos cellules. La familiarité qui se réinstalle. Le temps de se reconnaître.
Ce temps m'anesthésie. Je l'ai senti après ta naissance, ma bébée. Je suis lancée à grande vitesse dans un tunnel. Les petites lumières défilent, mes yeux s'habituent à l'obscurité et à ce léger malaise, à ce commencement de nausée. Je suis sur des rails et je ne dirige plus rien. Depuis des mois, depuis des années, depuis que je ne sais plus les compter, je ne ressens plus ces grands pics de jubilation ou de détresse qui faisaient la succession de mes états intérieurs. Avant de rencontrer votre père, j'occupais un appartement de trente mètres carrés, tout en longueur, au deuxième étage, avec quatre grandes fenêtres qui

donnaient sur un mur, à deux mètres. Je m'y sentais protégée, en autarcie, inviolable. L'aménagement intérieur était assez sommaire et tournait essentiellement autour de mes livres. Je m'en souviens comme d'années où je dînais d'un paquet de raviolis ou de tartines de beurre saupoudrées de cacao. Je consentais au ménage et au linge quand la situation devenait déshonorante. La télévision était allumée tard, toujours en toile de fond. Les murs étaient souvent perlés de buée, à cause de longues douches trop chaudes. La plupart du temps, je lisais ou je travaillais, j'écrivais de longs mails exaltés à mes amis, il suffisait d'une actualité ou d'une remarque de l'un de nos camarades. Tout piquait, tout blessait. Nous n'avions pas peur d'être grandiloquents, nous cherchions à nous tailler une place dans le monde. Je me souviens aussi des retours de boîte de nuit. Les soirées disco du Queen presque chaque semaine, pendant un an. Je me souviens des vêtements qui poissent, des tee-shirts au-dessus du nombril, des marches de l'aube dans Paris, la furieuse envie de retirer mes talons et d'être pieds nus sur le bitume. J'ai encore en mémoire le corps de ces nuits sourdes et agitées. Au matin, un lourd sommeil opaque, harcelé par la lumière qui perce au travers des rideaux, la vie de l'immeuble qui fait irruption par éclats, comme au réveil d'une opération.

C'était un quotidien abrupt, dépecé de toute la douceur de la routine, plein des défis que je me lançais à moi-même sans la moindre indulgence, au premier degré, sans distance, malgré mon ironie de façade. Je me battais avec un sentiment d'imposture de classe moyenne provinciale, j'affûtais mon esprit, mon langage, ma capacité critique et, sans le voir, je me durcissais, je devenais intransigeante. La lenteur, la bêtise, l'insuffisance intellectuelle me révulsaient. Je me soupçonnais en permanence, héritage parental, mais aussi piqûre de rappel, comme un garde-fou, n'oublie pas d'où tu viens. Pas par loyauté, mais plutôt pour ne jamais y retourner. Mes camarades du lycée sans emploi, dans la galère. C'était ça l'histoire, ne t'attends pas à autre chose, ouvre les yeux. C'est comme tu veux, c'est toi qui vois. Ne viens pas te plaindre. Mon père qui parlait dans ma tête. Je t'entends, papa.

Dans mon quotidien étudiant, on vivait d'emportements rilkiens, de moments werthériens. On aimait avec désespoir, on était déçus avec passion. Le mur beige craquelé face à mes fenêtres est encore inscrit dans ma rétine, et avec lui ces soirées aux yeux rougis, les montagnes russes de l'adolescence tardive des étudiants, la dépréciation de soi, la haine de soi, l'absurdité du monde.

Les insomnies aussi, ce corps qui résiste au sommeil, ce corps qui ne veut pas cautionner, la tête qui fait mal, les mâchoires qui se serrent. Que serons-nous dans vingt ans, des bourgeois ou des héros ? Aucun des deux, mais nous ne pouvions pas l'imaginer. J'ai perdu toute la force de ce quotidien-là. Je ne ressens plus la puissance grisante de la solitude, quand rien ne l'arrête, quand personne ne la conteste, quand personne ne peut négocier. La jubilation qui se nourrit d'Albert Camus et de Huysmans, d'une promenade au-dessus de la Seine dans une averse, des questions politiques et soudain, du silence avant les premières notes d'un morceau de musique. Quand il n'y avait plus de limites, ni à mon corps ni à mon esprit. Parfois, dans cette vie, ma vie avec vous, la joie éclate, mais elle reste furtive, elle s'évanouit dès que je la nomme. Une autre force la chasse, la fatigue, l'habitude ou le poids du jour. J'ai longtemps regretté la fin de cette joie viscérale. C'est vrai, j'ai perdu ces bourrasques, ces hilarités qui dominent le monde. En échange, ce qui m'a quittée aussi, c'est le désespoir, les idées noires qui parlent d'une vie ratée, inutile, la souffrance mentale qui se dévore elle-même. Il y a moins d'acide dans ma vie. L'amertume est partie avec la rencontre avec votre père, puis avec vous, mes enfants, qui déversez l'évidence du charnel, l'urgence des baisers. Pourtant, à l'aveugle, clandestinement, mon corps cherche encore cette énergie du soulèvement. Je suis un corps cloué dans une salle de réveil, aux mouvements lents, gourds, le cœur qui va et qui vient. Un corps qui voudrait encore du bruit et de la fureur. Du sang, de la sueur et même des larmes. Oublier les quarante ans qui chuchotent, qui raisonnent, qui hochent la tête et pincent mes lèvres. Vouloir exulter encore.

On sort du métro Madeleine, devant le nouveau Café Pouchkine. Nous sommes un samedi de novembre, il ne pleut plus. Tu attendais ce moment, moi aussi. Nous avons laissé la maison endormie, comme de joyeuses complices, nous avons claqué la porte d'un coup sec. Nous deux en Stan Smith et doudoune, de l'eau, un goûter. Rien ne pouvait nous arrêter. Dans le métro, tu en parles en continu, je me demande comment tu reprends ton souffle. Il y aura combien de personnes, comment on va retrouver ton amie qui vient avec nous. Je suis contente qu'on soit toutes les deux, tu me dis, je suis toujours contente, on ne fait pas assez de choses toutes les deux. Tu me le dis et vraiment, je t'entends. Ensemble, on monte les marches sales du métro. On fait quelques pas en direction de l'Opéra.

Tu ne l'as pas vu, mais moi soudain je le vois. Il arrive tout droit vers nous, j'ai quelques secondes pour évaluer la situation. Ta petite main de dix ans dans la mienne et le flot ininterrompu de tes paroles. Ta petite main qui grandit pourtant. Ton bras qui devient le prolongement du mien. Il est à quelques mètres, de noir vêtu, cagoulé, je ne vois que ses yeux. La foule autour me paraît brutalement hostile. L'adrénaline aiguise mon regard. Beaucoup d'hommes jeunes, ils ont des barres dans les mains ou des projectiles. Et lui, il est cagoulé. Tout cela ne dure qu'une seconde, je me demande si je dois courir, te tirer, te mettre à l'abri. Je réfléchis trop. Je ne devrais pas me poser de questions. Je ne sais pas ce qui se joue dans cette tension entre la paralysie et la toute-puissance mais ça n'a pas d'importance. Face à nous, un flot d'hommes qui courent à grandes enjambées dans notre direction. Ils courent comme un courant électrique, comme la tension le long d'un nerf. Au loin, de la fumée, l'odeur de pneu brûlé. Toi tu ne vois rien, tu continues à parler. Copines. Danse. Anniversaire. Laser Game. Je t'entends au loin, derrière ma propre panique à bas bruit. L'homme cagoulé est à notre hauteur, il n'a que faire de nous. Ça se voit dans son expression, dans ses gestes. Nous ne sommes pas sa destination. Il nous contourne d'un pas de côté, jamais il ne nous a regardées. Jamais il n'a voulu nous toucher. Moi tendue comme un arc, prête à réagir sans savoir quoi faire. Nous étions à la merci de mon cerveau reptilien, je ne sais pas ce qu'il aurait inventé. L'homme s'engouffre dans les escaliers du métro derrière nous et je t'emmène rapidement dans une rue perpendiculaire. Tout est calme, les façades se tiennent à carreau. Tu n'as rien vu, on continue à marcher. Mon pas est très sûr, je me regarde marcher comme une rescapée. Je n'ai pas réalisé encore.

Plus loin, après quelques minutes de marche, une grande marée violette de femmes réunies. Des slogans que tu peux lire, sur le viol, les violences, les féminicides, le patriarcat, le clitoris, la jouissance, les vulves dessinées sur les visages, des femmes en colère, des femmes joyeuses, des femmes déterminées. Et des hommes aussi, qui portent des enfants sur leurs épaules, des enfants qui dominent la foule et qui, peut-être, s'en souviendront. On marche ensemble, tu es petite, tu ne vois rien. On reste longtemps à l'arrêt place de l'Opéra. Je t'avais promis une marche, de l'énergie, des chants. Tu étouffes dans cette foule plus grande que toi. Je t'explique tout ce que j'attrape au vol, ce qui pourrait poser problème. Mais je ne vois pas tout, je sais que je rate des choses. Nous sommes là, tu es mon corps, tu es mon tendon d'Achille. Je t'expose et je te protège. Je t'emmène dans le monde et je te traumatise. Des gilets jaunes à la Marche mondiale des femmes. Je ne sais toujours pas si j'ai bien fait. Je voulais t'éveiller aux marches et aux chants, je voulais t'emmener sur les pas du Civil Rights Movement, je voulais que tu puisses dire que tu y étais. Je l'ai fait aussi pour tes enfants à toi. Je ne sais pas si tu en garderas le moindre souvenir.

Lettre V

Je ne sais pas quoi faire du quotidien, de l'idée du quotidien. Je suis ambiguë, indécise. D'un côté, je n'ai jamais compris ceux qui insultent la routine. Une femme que j'ai croisée récemment, une dirigeante d'entreprise, me l'a répété à plusieurs reprises en quelques minutes, comme une confession et un talisman. Je déteste la routine, surtout pas de routine, c'est le secret. Je me demande comment on assure l'intendance en évitant la routine. On tire au sort la personne qui lance les machines, on joue les corvées aux dés, on ne dort jamais dans la même chambre, on invite toujours des personnes différentes à dîner ? Et quelle pression pour l'entourage ! Non chéri, ce soir, on ne regarde pas la télé, rappelle-toi, on l'a fait samedi dernier. Tu sais que maman déteste la routine. Alors on fait quoi, papa ? Le papa qui a vingt ans d'injonctions au fantasque dans les pattes. L'enfer. Ce soir, chérie, on ne mange que des aliments rouges, ça change, non ?! Cette femme rirait de me voir défendre la routine et me plaindre d'être anesthésiée, et surtout de ne pas faire le lien entre les deux.

Vraiment, j'aime la routine. Je l'ai aimée dès les premiers instants avec votre père. Je l'ai aimée parce que c'était lui, parce que je pouvais le reconnaître dans cette douceur, dans cette continuité, dans ce vide du monde. Nous n'avions pas besoin de mise en scène, pas besoin de grands vœux. Au début, je me suis demandé si c'était normal, si j'étais vieille avant l'âge. J'ai vu partout ailleurs, autour de nous, ces grandes déclarations pareilles à des demandes en mariage avec un diamant qui tombe de la tour Eiffel, comme des vœux échangés devant le Taj Mahal en robe de soirée à huit heures du matin. Tout cela a tellement le goût du making of : l'angle de la photo, la viralisation, le récit, les regards. Du carton-pâte. Je ne crois pas qu'on puisse tenir toute une vie sur le souvenir d'une demande en mariage de cinéma.

J'aime la routine parce que c'est une porte toujours ouverte, c'est une chance d'essayer de mieux faire, une nouvelle fois. On peut toujours faire mieux. Il faut avoir de l'élégance pour inventer un jeu au milieu d'une pile de linge à plier, il faut de la complicité pour te demander, ma fille, ce que tu penses de cette bande dessinée, entre le four et le mixeur. Il faut de la vitalité pour faire un jeu de mots sur une fable que tu récites à côté de ta sœur, pendant qu'elle se tord de caprices. J'aime la routine parce qu'elle est plus puissante et plus fertile. Être fantasque, c'est trop facile. Être portée par la recherche incessante du changement, c'est trop facile. C'est faire peser un soupçon permanent sur la vie elle-même. J'aime la vie. Il se joue dans le quotidien une délicatesse infinie. Le quotidien est un orfèvre qui nous demande d'être plus précis sur nos raisons, sur nos décisions. Il nous demande si on sera assez généreux. Si on a les épaules. Le quotidien nous met face à nous-mêmes, face à notre capacité à vivre la vie telle qu'elle est. Consentir, construire, mesurer et tout reprendre depuis le début.

J'aime la routine. Et pourtant, il y a quelque chose de vicié dans mon quotidien. Comme une odeur d'échec. Comme un espace de liberté qui m'échappe, qui me résiste, qui m'éjecte. Ce qu'il y a de gênant, ce qui me gêne aux entournures, c'est cette certitude rampante, cette certitude qui insiste, cette certitude que je déguise depuis longtemps en intuition, en pensée parasite, conséquence de la fatigue : je n'étais pas faite pour cette vie-là. Ce n'est ni un désaveu ni une démission. Cette vie, je dois la choisir tous les jours. Je vous choisis, tous les trois. Il est des femmes qui quittent tout et qui renoncent. Je porte en moi leur détresse et leur renoncement, je ne les jugerai jamais, je suis elles aussi. Pourtant, je ne suis pas avec vous à la maison par devoir, pas seulement par devoir. J'ai désiré la naissance de chacun d'entre vous par curiosité, pour le monde que vous êtes à vous seuls, chacun de vous. Pour vous voir grandir comme un coup d'État permanent. Et pourtant, en même temps, je sais, j'ai probablement toujours su, que je n'étais pas faite pour cette vie-là. Je reste comme suspendue en attendant la suite. Je subis, j'attends. On verra plus tard, pas maintenant. Bientôt, vous irez chercher seuls votre dîner dans le réfrigérateur. Je pourrai vous demander de lancer des machines. Vous rangerez vos affaires, peut-être. Vous vous moquerez bien que je sois rentrée à la maison à sept heures. L'idée de passer du temps avec nous sonnera comme une forme subtile de punition. Mais en attendant, la litanie des tâches ménagères a quelque chose d'abrasif pour mon monde intérieur. Parfois je réussis à voler une heure de rêveries, d'écriture. La jeune fille revient alors, je la sens habiter le bout de mes doigts, des fourmis dans les jambes ; elle se colle à moi. Comme quand on lit de la poésie, quand votre poitrine s'ouvre et libère un espace qui n'existe que là. Je sens cette jeune fille, avec sa jubilation, sa malice, son explosivité. Je n'étais pas faite pour l'oublier, pour la bâillonner. Je veux vivre avec elle.

Mais il y a trop de matière dans ma vie, des kilos de linge, des sacs de légumes, des tas de bébés. La liste de courses, la purée, les dossiers à remplir, la Poste, le passe Navigo… Je le sais, tout cela n'était pas fait pour moi. Peut-être que ce constat vous effraie. Il ne m'inquiète plus. Cette vie qui ne sera jamais tout à fait la mienne. Cette vie est là, en moi. Je n'en ai plus peur. Les rôles sociaux sont

devenus trop petits, trop fragiles, pour que j'y trouve refuge. Je préfère regarder les fêlures, la lumière qui passe au travers.
Et je préfère vous le dire, à vous.

D'abord, dès les premiers pas, il y avait le vent. Le vent en rafales, froid, vert. Mais ce vent-là était mon souffle, la vie qui battait, la vie qui résistait, l'opposé des champs brûlés du sud de la France à la fin de l'été. Des étendues calcinées, des plantes qui parlaient de dessèchement et de mort. Et on appelait ça des vacances.

Non, là-bas, il y avait d'abord le vent qui vous poussait dans le dos à l'aller et qui vous coupait le souffle au retour. Qui vous empêchait de respirer. Et puis il y avait le ciel d'une couleur d'acier. Ça sentait les embruns à plein nez. Ça sentait la liberté surtout. Quelques mètres de galets, les semelles qui crissaient, les chevilles tordues. Vous qui réclamiez une plage avec du sable, mais pas longtemps. Rapidement, les galets devenaient vos projectiles, vous jouiez sans nous. Vos rires, vos défaites, vos victoires, unis soudain. Un soleil orangé percutait l'arête de la falaise. Ces falaises dont je n'ai jamais su si elles étaient déprimantes avec leur blanc crayeux, leur fébrilité, ou si elles étaient rassurantes comme des statues familières, comme des repères qui me disaient toujours quelle plage, quelle heure, que j'étais petite face à elles et que c'était bien comme ça.

Je restais un peu en arrière. Je vous regardais jouer ensemble, éclaboussés, bousculés, vivant d'une même vague. Le vent emportait vos cris au loin et vous étiez beaux comme une carte postale de l'enfance. Les cheveux au vent, les jupes qui s'envolaient, les corps qui se découpaient dans le soleil couchant. Comme si seule la mer pouvait faire de vous une fratrie. Vous étiez beaux comme un souvenir.

Tu avais deux ans, ma bébée. Tu essayais de suivre tes aînés. Ton père t'a attrapée et t'a hissée sur ses épaules. Il t'a emmenée au bord des vagues, là où ton frère et ta sœur jetaient des cailloux sans se lasser. Tu étais radieuse. Lui aussi. Il se jouait là un pardon général, une scène salvatrice, une famille en bord de mer, nous seuls sur la plage au soleil couchant. Même les villas sur les hauteurs étaient désertées, discrètes avec leurs volets tirés et leurs boiseries chahutées par la mer. Il n'y avait que les mouettes et nous.

Une vague plus forte que les autres. Ton père s'était trop approché, il a reculé brutalement, son talon s'est enfoncé entre les galets et vous êtes tombés tous les deux en arrière. Il t'a protégée dans votre chute, tu es tombée sur lui, tu n'étais pas dans les cailloux, tu n'as pas pu avoir mal. Je vous ai vus, j'étais à quelques mètres. C'était une scène d'un classicisme absolu. Ton père a ri, il était trempé jusqu'aux genoux. Comme au bon vieux temps. Toi tu n'as rien dit. Tu n'as pas pleuré. Ton regard s'est figé. Je l'ai vu, même de loin, même en contre-jour. Ton père s'est relevé, il t'a reprise, il t'a serrée contre lui. Pour être sûr. Tu n'as rien ajouté. Et ce n'était pas ton genre, de ne rien ajouter.

Depuis, à chaque fois, tu serres ma main de plus en plus fort à mesure qu'on descend la pente des galets. Depuis, tu me dis que non, on ne va pas plus loin, on est bien là, tu veux que je reste en haut de la plage avec toi. La tension nerveuse dans ta toute petite main. Ce qu'il y a, c'est que ton doudou a peur des vagues. Toi, non ça va, mais lui, il a vraiment peur.

Lettre VI

Chaque soir, quand je rentre, vous êtes là. Derrière la porte, en embuscade dans le couloir, prêts à bondir du canapé. Ou assis en équilibre sur le banc de la cuisine, les mains dans votre assiette, le visage aux couleurs de votre repas. Vous êtes là, et vous êtes contents de me voir. Vous êtes soudain saisis par une joie toujours plus forte que tout le reste, plus forte que ce que vous étiez en train de faire. Cette joie de me voir vous déborde. Je n'en reviens toujours pas. Alors je négocie de pouvoir retirer mon manteau, poser mon sac, avant d'attraper un enfant au vol, serrer l'autre et attirer à moi le dernier qui boude parce qu'il n'a plus de place dans mes bras. Marguerite Duras dit que le corps des femmes est une montagne que les enfants escaladent. Je vous laisse m'escalader. Vous tirez, vous glissez, vous me pliez, vous me piétinez, vous vous pendez à ma nuque, à mes épaules. Je sens votre poids, votre densité. Vous êtes la réalité même. Et puis, après quelques minutes, je m'ébroue lentement.

Nos soirées se ressemblent. Les devoirs, les pieds qui traînent, les histoires du soir. Quand est-ce que je pourrai inviter une copine pour dormir. Quand est-ce qu'on va faire un grand voyage comme mes copains. Est-ce que tu peux colorier avec moi. Vous êtes toujours quelque part, à un mètre de moi, sur mes talons. On se percute, on s'agace, on se reprend, on oublie, on s'embrasse, on se fait des câlins au passage.
Aujourd'hui, je sais que tout est simple. Tout est simple parce que vos émotions se lisent à livre ouvert. Votre temps, c'est celui de l'immédiateté, celui du tout de suite. Tout de suite les pleurs, et tout de suite après les chatouilles et les rires. Il y a des tout de suite provocateurs et impérieux. Comme ces quelques jours où toi, ma fille, alors que tu avais trois ou quatre ans, tu attendais qu'on entre dans la pièce, tu plantais ton regard dans le nôtre, pour t'assurer qu'on ne ratait rien, et dans un geste précis, sans appel, tu renversais ton assiette par terre. Tu te mettais debout sur ta chaise. Tu retirais tes vêtements. Tu piétinais toutes nos règles chétives et ordinaires. Tu étais insupportable. Et puis un jour, ton père t'a assise en face de lui, il t'a demandé si tu allais bien. Alors tu as tout balancé : à l'école, les récréations recroquevillées, la violence, les coups du petit Alexandre. Nous, interloqués : déjà le temps des intimidations. Et la furieuse envie de le choper, le petit Alexandre. Il y a aussi cette immédiateté désarmante, mon fils, quand tu pleures tous les

matins à chaudes larmes, quoi qu'on fasse, quoi qu'on dise. Tu ne veux plus aller à l'école, plus faire tes devoirs, tu veux rester à la maison. Il n'y a rien pour te consoler et, chaque matin, je te laisse en pleurs aux portes de l'école, tu t'engages dans le couloir en réprimant un sanglot, avec ta démarche écrasée par le chagrin. Quand tout est simple, un rien nous démunit…

Aujourd'hui, tout est simple, parce que vous êtes là, sous notre toit, comme une configuration familiale par défaut. Nous sommes le seul point d'entrée de votre emploi du temps. Nous pouvons dire si oui ou si non, quand, combien. Nous avons les pleins pouvoirs sur la maisonnée. Ces pleins pouvoirs m'étonnent, ils me répugnent surtout. Ce n'est pas la peur de l'autorité, encore moins la crainte de vous déplaire. Au-delà du domaine réservé des parents – l'hygiène, la politesse, le travail – je déteste être celle qui, face à vous, aura toujours le dernier mot. En quoi est-ce légitime que vous rangiez votre chambre au moment où je l'ai décidé, moi. Juste parce que ça ordonne aussi un peu ma tête. Pour l'instant, tout est simple parce que ce rapport de force avec vous est gagné d'avance. Il est gagné d'avance mais il m'écœure. Je hais votre soumission, je hais jusqu'à ce mot. Ton regard, ma fille, quand tu sais qu'il ne sert à rien de se battre. Et que, pourtant, tu as raison. La grande colère, ma bébée, qui t'envahit et te secoue, quand tu la lances comme ta dernière arme de rébellion. Toi, mon fils, quand les larmes jaillissent de tes yeux, toi que la peur de l'injustice a façonné sans que je comprenne pourquoi. Quand tout est simple, on est parfois moins regardant.

Tout est simple, et pourtant, je me sens vidée. Les coquillettes à ramasser une par une sous la table après votre dîner. Le passage de toute la chambre à la machine pour essayer d'éradiquer les poux. Ils gagnent toujours. Le niveau sonore des cris calé sur celui de vos jeux dans la récréation. La patience et la concentration douloureuse quand vous me parlez tous les trois en même temps. Les questions que vous répétez en boucle, à peine le dernier mot prononcé, sans que j'aie eu le temps de réfléchir à une réponse. Le défi quotidien de vous coucher un à un, alors que vous n'avez pas la moindre intention de dormir. Vingt et une heures. Chacun d'entre vous sort de sa chambre, comme un ballet de diables qui bondissent hors de leur boîte. Je suis en hypoglycémie. Vous avez oublié de faire chauffer votre bouillotte, oups, vous avez oublié une punition à faire, vous n'avez plus d'eau dans votre gourde, vous n'êtes pas allés aux toilettes avant… Tous les parents les connaissent par cœur, vos trucs.

Tout est épuisant quand on est réveillée la nuit, par toi, ma petite fantôme, quand tu me caresses la main avec tant de douceur que je te pardonne déjà. Quand tu as à peine le temps d'articuler que tu as mal au ventre, avant de vomir sur notre grand lit qu'il faut défaire intégralement. Retenir dix horaires différents pour les sorties d'école, les séances de sport, les cours de maths, les rendez-vous chez le pédiatre. Quatorze textos pour caler la nounou, l'école et votre grand-mère quand vous voulez sortir une heure plus tôt. Le gâteau du lundi matin pour ton école, mon fils, habiller la bébée en vert intégral parce que la maîtresse organise des journées thématiques pour enseigner les couleurs, prendre des photos de toi, ma fille, pour participer à un casting auquel je n'ai aucune envie de te laisser aller, trouver un compas violet, et glisser des sacs aspirateurs dans le panier de courses numérique, juste pour éviter les reproches de la femme de ménage qui soupire. C'est quand même pas compliqué. Pendant ces soirées avec vous, je suis l'hydre de Lerne, avec ses têtes effrayantes et désarticulées en tous sens, mais aussi Prométhée, condamné à se faire manger le foie par des vautours pour l'éternité parce qu'il avait volé le feu aux dieux pour le donner aux humains. Vous êtes mes petits vautours, mais je ne regrette pas le coup du feu.

Je m'épuise, je me plains et pourtant, je sais que tout est simple. Ma fille, tu es encore en CM2. Nous n'avons que des inquiétudes d'école primaire. Je ne me demande jamais où tu es. Ni si un garçon manque de retenue. S'il y a de la drogue qui circule chez tes amis. Si tu vas te mettre à fumer, parce que c'était impensable de ne pas faire comme tes copines. Je ne me demande pas comment faire pour te parler sans que tu n'exploses ou ne lèves les yeux au ciel. Les portes ne claquent pas encore. Je sais qu'une journée avec ton père et moi te plaira encore. Je sais que tu ne nous prends pas pour des losers, des nuls. Ça ne durera pas. Je sais que tu écoutes avec intérêt ces livres qu'on lit ensemble, ces questions qu'on se pose ensemble. Tu me racontes encore tes journées, tu me poses des questions, tu écoutes les réponses, tu n'esquives pas mes bisous. Dans la rue, tu cherches encore ma main. Ça ne durera pas. Tu as demandé un jouet à ton père, il t'a répondu qu'on le trouverait sur Internet, qu'on trouvait tout sur Internet, et tu lui as répondu que non, on ne trouvait pas tout, on ne trouverait pas ton âme. Tu as encore l'impatience, la passion des histoires, les joies, les petits bonds d'une enfant. Ça ne durera pas.

Bientôt, ma fille, tu rentreras au collège et tu feras basculer toute la maison avec toi. Bientôt les bandes de copains dans lesquelles on cherchera les têtes connues, le vocabulaire qui dérape, les vêtements douteux, les avis à l'emporte-pièce, les jugements, les regards qui se ferment, les week-ends sans toi aussi.

Une femme me racontait qu'elle avait passé une partie de la journée en pleurs parce que sa fille l'avait accusée d'être homophobe, comme ça, au détour d'une conversation qui n'avait rien à voir, une conversation où cette femme avait essayé d'en savoir plus sur la vie de sa fille et de ses amies. Cette

femme est directrice de la diversité dans un grand groupe. Elle l'a pris comme un uppercut. Je me demande si je saurai garder du recul, de l'humour. Probablement pas.
Mais aujourd'hui, rien de tout cela, il n'est pas venu encore le temps de pleurer. Le temps des fractures entre nous, avec mes bras trop courts pour les réparer. Tout est simple, encore. Je voudrais me noyer dans cette simplicité tant qu'elle est là, tant que j'y ai droit. Aujourd'hui tout est simple. Ça ne durera pas.

J'essaie d'y aller quand même. J'essaie de ne pas faire demi-tour. Maintenant, c'est nous les parents, on ne peut pas faire demi-tour, ce serait vraiment immature. On passe l'accueil d'abord, on nous demande nos noms, on nous donne des badges. On traverse deux grandes cours, des bâtiments altiers, imposants. Il n'y a personne. C'est très curieux. On nous avait indiqué une petite porte, avec une barre horizontale qui permet d'entrer, comme dans les gymnases. J'essaie de penser à autre chose, de le voir comme une formalité. J'essaie de venir sans mes préjugés, sans leur réputation. On frappe à une porte en contreplaqué d'un jaune contestable. Au sol, ces petits carreaux mouchetés gris qui ont été commis partout dans les années 1970. Il n'y a rien à sauver.

Elle nous ouvre. Elle est drôlement jeune, pour son prénom, pour sa voix, pour ce que nous allons faire. Elle nous sourit de manière très courtoise, avec un peu de raideur, juste ce qu'il faut pour installer son statut. Je lui donne vingt-sept ans, elle est fine, blonde, fade. J'essaie de ne pas ajouter de préjugé aux préjugés. On entre dans le bureau après un petit couloir anguleux. C'est une pièce de moins de dix mètres carrés. Il y a un bureau massif, des armoires à moitié vides, des posters racornis, une pile de dossiers, trois chaises en mousse noire. J'ai l'impression d'être en visite dans le bureau de ma mère, dans la SNCF des années 1980. Toi, tu es déjà installé. Les cheveux en bataille, le manteau à moitié retiré, tes joues rougies par le sport, tes baskets défoncées, sans tes lunettes surtout. Tu confesses tout de suite, tu les as posées pour le sport, comme on te l'avait demandé et puis tu ne les as jamais retrouvées, tu as cherché partout. Tu le dis alors qu'on n'est même pas assis, tu as peur qu'on te gronde. Mais devant elle, tu le sais, on n'osera pas. C'est bien joué.

On s'installe avec une mauvaise grâce imperceptible. On prend nos têtes du boulot, souriants, ouverts, prêts au dialogue. Cause toujours. Elle s'assied devant nous, au bord de son siège, du bout des fesses, bien droite, avec un éclair furtif de pouvoir dans les yeux. C'est elle, c'est la psychologue scolaire. J'essaie de ne pas y penser quand elle nous montre les photos d'animaux que tu as commentées. Pas facile de ne pas y penser. Quand elle nous dit solennellement que tu as peur que personne ne vienne te relever si tu tombes. Elle l'a deviné quand tu as parlé de cet ourson dans un arbre, tu lui as raconté qu'il tombait et qu'il était vexé. C'était évident. Elle tapote la table et nous montre la photo d'un lion sur un trône et, quelque part, une souris. Tu lui as dit que la souris attaquait le lion et le faisait chuter. Elle en conclut que la figure du père est très fragile au sein de la famille. Et la figure de la mère, vous voulez savoir ? Est-ce vraiment nécessaire. Eh bien elle est inexistante ! Je suis de plus en plus mal installée. Je croise et je décroise les bras et les jambes, en me demandant ce qu'elle va en conclure. Elle nous dit que tu n'oses pas aller au conflit parce que tu n'es pas sûr que le lien qui nous unit soit assez puissant. Toi, tu n'oses jamais aller au conflit ? À ce stade, je n'essaie plus de lutter contre leur réputation. Les psychologues scolaires…

La conclusion qu'elle en tire, on la connaît tous, c'était couru d'avance. Il faut rentrer à temps pour dîner avec vous tous les soirs, passer trois heures par jour de temps « qualitatif » avec vous, te donner de l'amour, toujours plus d'amour, t'entourer de tendresse, te punir le moins possible. Si tu pleures pour aller à l'école, c'est parce que tu as tellement de peine à la maison que le moindre événement fait tout déborder à l'école. Il te faut de l'amour. Fini la lapidation, fini la privation de nourriture. Ton petit sourire en coin à la fin du sermon. Inimitable. Son petit air satisfait à elle. Mais on n'a rien dit. Et en plus, on a dit merci beaucoup, en souriant courtoisement. Après tout, c'est nous les parents maintenant.

Lettre VII

Je ne fais pas la moindre confiance au temps. Il n'a aucune parole. Il n'a aucun sens. À part celui de la vieillesse annoncée, des mauvaises nouvelles et de la coloscopie. Il n'a plus de signification et je n'ai plus de repères. Vous êtes nés hier. Avant-hier, j'étais sur les bancs de l'école, écorchée vive par les doutes et électrisée par une force incontrôlable. Avant-hier, j'étais assise sur les grandes lattes grises du parvis de la bibliothèque François-Mitterrand, résignée au vent, avant de reprendre le chemin du droit et des finances publiques pour les concours. Les photos de ces années trahissent des twinsets Alain Manoukian, un regard déterminé et des joues de bébé.

Vous êtes nés hier, et en même temps vous avez toujours été là. Vous êtes nés hier et je ne sais plus imaginer le reste de ma vie sans vous, comme si vous aviez toujours été tapis quelque part dans un coin en attendant que je me décide. Pourtant, j'ai vécu pleinement sans vous attendre. J'avais ma propre vie, je n'aurais pas su quoi faire d'enfants.

Je n'y pensais pas, c'était un destin social en toile de fond. C'était la suite de l'histoire, dans fort fort longtemps, quand on serait vieux et raisonnables. Quand on serait repus de la vie. Au-devant de la scène, il y avait mon envie de réussir, de devenir quelqu'un, d'être reconnue. Si on m'avait demandé si je voulais des enfants, j'aurais probablement répondu de manière râpeuse. Ce n'était pas le sujet. J'étais comme ça.
On ne peut plus se fier au temps. Depuis que vous êtes là, dans nos vies, il se diffracte. Les minutes deviennent obèses. Elles prennent toute la place. Ces longues minutes où nous sommes entassés dans la minuscule salle d'attente d'un ophtalmologue qui a déjà trois quarts d'heure de retard. Elles passent comme des journées. Toi, ma bébée, tu ouvres toutes les portes des médecins du cabinet avec un regard qui tangue entre Charlotte aux fraises et Chucky. Tu t'approches à petits pas provocateurs, de plus en plus près de l'escalier interdit, malgré l'air offusqué de l'assistante. Vous, les grands, vous vous bombardez d'insultes en vous échangeant des coups de coude, arrosant au passage la septuagénaire qui fait claquer sa langue pour me rappeler à mon devoir maternel. Le médecin qui passe, avec le talent d'un serveur parisien pour éviter mon regard et toute discussion. L'histoire se finit bien. Un seul d'entre vous aura des lunettes, la vieille dame a pu échanger une moue consternée avec son voisin d'en face qui en disait long sur comment c'était mieux

avant, et l'assistante a remis la main sur une plaquette d'anxiolytiques.
Le temps exagère. Les heures du bain passent comme des semaines. Les vêtements qui vous serrent trop, qui s'enroulent et vous coincent, le pansement qui s'arrache lamentablement, la bouteille de shampoing vidée d'un coup pour faire de la mousse, l'eau trop chaude finalement… Pendant que l'un de vous escalade dangereusement la baignoire, un autre sort en courant des toilettes sans s'essuyer, et la dernière est déjà en train de dessiner sur les murs avec un marqueur indélébile. Le peigne anti-poux dans les boucles rousses. La mousse, ça ne se mange toujours pas, non. Retenir la bébée d'attraper furieusement le sexe de son frère, ses yeux exorbités de curiosité…
Pendant les heures du bain, une petite voix me suggère de vous laisser quelques minutes seuls, avec dix centimètres d'eau, pour prendre de l'avance sur l'épluchage des légumes. Cette voix a fait un pacte avec le hamster dans ma roue. J'ouvre le réfrigérateur, tous mes sens sont tendus vers vous, dans la salle de bains. Le temps devient domestique, c'est celui de la cuisson, du rangement. Tout est permis, on peut tout faire, on peut s'organiser. Les limites, c'est pour les autres. Quelqu'un se saisit littéralement de moi, une gouvernante et une ménagère. Elle en veut toujours plus, elle ne s'arrête jamais, elle n'en a jamais assez. Une mégère. C'est le temps domestique qui me grise dans des proportions inavouables, inexplicables. Et là, un cri strident qui

vient de la salle de bains. Évidemment. Je me précipite hors de la cuisine. Un cadre qui tombe et qui se brise à cause d'un virage trop serré, un orteil cogné contre le lit de poupée qui traîne dans le salon. À cet instant, rien d'autre n'a d'importance que ce cri qui dure trop longtemps. Ce cri qui n'est pas une comédie, ce cri qui n'est pas une stratégie de rétorsion. Ce qui m'attend, c'est un exercice de haute diplomatie et la dextérité d'une infirmière diplômée. Le pouce de mon garçon sauvagement, mais accidentellement, coincé dans la porte.

Précisément une semaine plus tard, toi mon fils, tu te réveilles en hurlant avec un panaris post-traumatique de la taille d'une noisette. Et on passe le mur de la science-fiction le matin suivant, quand toi ma fille, qui avais fermé la porte trop vite et trop fort une semaine plus tôt, tu te réveilles avec le même panaris que ton inconscient t'a infligé dans la nuit…

Ces heures-là sont une pure provocation. Le temps n'a aucune limite. L'hôpital pour percer les panaris, le trajet avec un enfant qui pleure, un enfant qui a peur et moi qui force la jovialité, pas beaucoup plus rassurée qu'une enfant. Ces heures n'ont pas de début et pas de fin. Le temps stagne, il hésite, il convulse. Il fait de moi une nouvelle Danaïde. Il vide tout ce que je remplis. Il me condamne, il me retient, il me fige.

Le temps a perdu la raison, il me harcèle, il me vole les jours et soudain, il ralentit jusqu'à la panne sèche au beau milieu d'une réunion de parents d'élèves de maternelle. Un homme, trop heureux d'incarner les nouveaux pères, demande confirmation de l'horaire précis de la troisième récréation. Sa voisine réclame de faire des gâteaux pour les anniversaires. Elle souhaite assister à la fête en classe. Qui sont ces gens ? La maîtresse annonce qu'elle va travailler sur trois grands thèmes pour faire découvrir aux enfants des cultures différentes. Bora-Bora d'abord, parce qu'elle en a toujours rêvé. Elle est soudain radieuse en regardant la photo de plage la plus éculée au monde. Changement de visage. Mais alors, hors de question !... Elle ne dévoilera pas les deux autres thèmes de cette année. Marre de ces parents qui prennent de l'avance à la maison avec leurs enfants. Mais qui sont ces gens ? Le temps s'arrête et vous plante là, pliée en deux sur une chaise de quinze centimètres de haut. Le temps se fout royalement de l'état de votre dos.

Et puis brusquement, le temps fait volte-face, il perd le fil, il s'enfuit. Je n'ai pas encore fini *Les Frères Karamazov*, je n'ai pas vu la moindre aurore boréale, je n'ai pas trouvé ma plage préférée et, déjà, les traces de la petite enfance prennent la fuite de vos visages. Vos voix ressemblent déjà presque aux nôtres. Il n'y a plus que toi, ma bébée, avec ce rire qui sauve le monde. Ce rire qui arrête le temps. Je vous vois, mes grands, je vois bien ces haussements d'épaules qui s'intercalent déjà entre les rires et les chatouilles. Vous avez perdu la courbe de gras qui bombe vos pieds. Du Petit Bateau, vous n'en portez plus que la nuit. Je me lève, je me couche, je me lève, je me couche, et soudain vos petits pyjamas ont rétréci et vous arrivent au milieu du mollet. D'ores et déjà, vous faites traîner le jour, il me faut attendre tard dans la soirée pour que le calme revienne, au moment où la nuit est sûre d'elle, quand la maison cuve vos cris, quand le four s'arrête et que les machines tournent clandestinement. Un dernier tour, les sens en alerte, demain il faut, j'ai encore oublié de, mais où j'ai pu le mettre, est-ce que son maillot de bain est propre, je dois prendre de ses nouvelles. J'éteins progressivement toutes les lumières. Je ne fais plus de bruit, je sais que c'est fini.

Alors j'entre comme par effraction dans vos chambres. J'éteins ton plafonnier, mon fils. Je pousse du pied toutes ces petites choses qui font ta vie de petite fille, ma fille. Tes piles de dessins, l'écharpe que tu as commencé à tricoter pour ta professeure de danse, des bracelets brésiliens, ton casque, des sweatshirts en boule. Je repousse tes boucles, ma bébée, je t'applique une bonne couche de crème, entre le menton et la bouche, à l'endroit que le froid et ta petite langue ont rougi toute la journée. Tu t'essuies par réflexe, en dormant. Je recommence.

Et tous, je vous embrasse, je suis du doigt ou des lèvres la courbe de vos joues rebondies, l'ourlet de votre bouche si parfaite. La nuit, vous ne pouvez pas dissimuler ces traces de l'enfance qui s'attarderont encore quelques années sur votre visage. Vous ne pouvez rien faire. Et je ne vous dirai rien. Je garde tout. La douceur reprend tout son empire et vous n'y pouvez rien. Vous avez encore les poings serrés des bébés et les pieds repliés sous vos fesses relevées. Le temps me file entre les doigts, mais tous les soirs, l'éternité reprend ses quartiers dans votre chambre.

C'est le point de bascule du petit matin, intime, chaud, brumeux, vers le grand monde, les éclats de la ville, la vie qu'on s'est choisie, même si le matin, on ne sait plus pourquoi. Le point de passage nécessaire vers la suite de la journée. Après un trajet poussif le long de la rue, frôlés par le bruit des voitures, les bras qui vous traînent, les doudous qui tombent sur les trottoirs humides. Quelques minutes où il faut tout négocier, mais ne rien lâcher, être à l'heure à la grille de l'école. Ce jour-là, il pleut, forcément. La grille qui s'ouvre, la gardienne qui dévisage et qui revisage. La ruée des poussettes, des enfants, des groupes qui courent et qui trébuchent, des parents qui s'interpellent, se lancent dans des bribes de conversations qu'ils ne finiront jamais. Il y a même ceux qui s'arrêtent à la porte de l'entrée et qui détaillent le menu avec leurs gourmets.

On se précipite tous les trois dans cet immeuble blanc, moderne, bas, qui a mal vécu. Vous me parlez en même temps, vous vous coupez la parole, vous

vous répondez l'un à l'autre. J'étais en train de parler. On la connaît ton histoire, tu l'as déjà racontée dix fois. Vous m'écartelez tendrement et puis vous apercevez vos copains et vous me lâchez la main. On entre dans cette grande pièce, grande comme plusieurs salles des fêtes. Toutes les classes se répartissent dans différents carrés dessinés avec des bancs, des bancs centenaires, avec leurs lattes en bois qui ont connu des générations de petites fesses, leurs montants en ferraille écaillée. Je te dépose dans ta classe, mon fils, et toi ma fille, puis je me dirige vers la grande section de maternelle. Partout, on se marche dessus, on se croise, on s'excuse, on se sourit. D'habitude on vous laisse partir, on vous largue comme deux paquets et on passe la porte comme on sort d'un match au moment du coup de sifflet final. En titubant un peu.

Ce matin-là c'est différent, ta maîtresse s'approche de moi.

Si vous avez une minute, il faudrait que je vous parle. Oh. De mémoire de parent d'élève, ça n'a jamais rien présagé de bon. J'attends sagement. J'ai quatre ans moi aussi. Les parents partent, la salle se calme, elle revient vers moi.

Je voulais vous dire, il y a un problème avec votre fille.

Ah ?

Elle veut toujours donner la réponse à tout, tout le temps.

Ah. Et elle ne lève pas la main ?

Si.

Ah. Mais… Elle ne laisse pas les autres parler, elle s'impose trop brutalement ?

Non, elle lève bien la main.

Et elle dit n'importe quoi ?

Non, elle a souvent la bonne réponse.

Alors ?…

Eh bien… Il faut savoir rester à sa place dans la vie !

Tu venais de recevoir ta première feuille de route de fille : à ta place tu devrais rester. Ne pas te faire remarquer surtout. Ne pas briller, jamais. L'absurdité de la situation. Moi, muette, sidérée. Moi convaincue que c'était le pire conseil à te donner, convaincue qu'il n'y avait pas de place déterminée pour toi, et aucun endroit où rester. Je ne veillais qu'à ton énergie, ta source de joie. Les statuts, les voies toutes tracées, je les laissais aux autres parents, ceux qui t'auraient imposé des cours de piano en anglais dès l'âge de deux ans.

Je n'ai rien répondu. J'ai laissé mon silence parler. Je suis partie sans rien expliquer de tout cela. Je n'ai pas su. J'ai été découragée d'avance. Mais le soir même, pour la première fois, je t'ai dit que parfois, il fallait écouter les lubies de la maîtresse et faire comme si tu la comprenais. On appelait ça donner des gages, on appelait ça acheter sa liberté. Qu'on pouvait faire un peu semblant de se plier aux règles, et puis garder toute sa fougue, qu'il fallait parfois être plus précis dans sa liberté. Cette précision, cette retenue de toujours vouloir lever la main, ça servait à rassurer les adultes sur leur monde, ça ne te concernait pas. Même si tu étais un peu petite pour comprendre tout ça. Cinq ans pour trouver des échappatoires à l'absurdité, c'était te demander beaucoup. Je t'ai dit que ça ne changeait rien, que ça ne réduisait rien, que tu ne devais rien changer surtout, que tu étais bien comme tu étais, qu'être toi-même ça suffisait, pas plus toi-même et surtout pas moins. Personne n'avait le droit de t'attribuer une place et tu avais surtout le droit de leur échapper, tu avais le droit de sauver ta peau, toujours. Tu m'as regardée avec de grands yeux me désolidariser de ta maîtresse. L'Éducation nationale n'était pas mon combat. C'était toi, mon combat.

Lettre VIII

Sur la ressemblance physique, on m'a tout dit. Si vous vouliez qu'ils vous ressemblent, vous n'aviez qu'à les faire toute seule (un psychiatre). Désolée, mais ils ressemblent tous les trois à leur père (une copine). Moi je préfère qu'ils ne me ressemblent pas, surtout pas, je trouve que je n'ai rien à leur donner, je préfère qu'ils se sentent totalement autres que moi (une vraie copine). C'est fou ce qu'elle te ressemble, je te revois au même âge (un vieil ami). Ah, lui il n'est pas de notre côté (ma belle-mère). Cette voix… elle ne vient pas de notre famille (ma mère). Quand tu es née, ma fille, tout le monde s'accordait pour dire que tu ressemblais à ton père. Je souriais en retour, par réflexe, faute de trouver autre chose pour couper court, pour que ça s'arrête. Leur manière de statuer sur la ressemblance me paraissait obscène et injuste. Vingt kilos en plus, la démarche d'un 15-tonnes, des heures d'accouchement, deux nuits blanches au compteur, les seins qui explosent et tu ressemblais à ton père. Comme la vie me paraissait bien faite. Évidemment, c'était encore moins facile quand on me disait que tu ressemblais à ma belle-mère, pas impossible, mais moins facile. Ton père, lui, s'en foutait, il ne voyait pas, il ne voyait rien et de toute façon il ne voulait voir que toi. Cette histoire de ressemblance a été une plaie ouverte dans les premières années de notre vie commune. Je dis plaie ouverte et je sens ce que ces mots ont de violent. Ni vous ni moi n'y pouvions rien, évidemment cela n'avait pas la moindre importance. Toi, mon fils, tu es né à une heure du matin. Quelques heures plus tard, nous sommes montés dans une chambre double, noyée dans cette atroce lumière de la maternité et saccadée par les bips de la surveillance que nécessitait l'état de ma voisine de chambre. Je t'ai posé sur mes jambes repliées, face à moi. Tu n'exprimais rien, tu me regardais. Soudain, après deux nuits sans sommeil, j'ai été rattrapée par une photo de moi enfant. Elle a surgi du grand album familial, un album en similicuir vert foncé des années 1980, et elle s'est superposée à ton silence.

La ressemblance physique, c'était la preuve tangible que je cherchais, une prise solide pour ne pas tomber du mur, la preuve infaillible de ma condition de mère, une certaine idée de ma légitimité surtout. Cette légitimité dont j'ai toujours douté, cet idéal que je ne savais pas atteindre, cette image virginale qui m'avait disqualifiée d'avance. Je suis une mère sans crédit. Démonétisée dès les premiers jours. Une mère en carton. Enceinte, je n'ai rien eu à faire, et vous êtes nés. Bébés, j'ai à peine su supporter les cris et l'enfermement. Enfants, j'ai perdu patience face à vos disputes sans fin et à l'insalubrité de vos chambres. La ressemblance physique entre nous, c'était mon passeport, ma maternité aux yeux du monde, comme ces mères et filles ensemble, de tous âges. Quand on peut lire leur lien sur les traits de leur visage, à la couleur de leurs cheveux, aux nuances de leur teint, la forme de leurs jambes. Incontestable, péremptoire, solide. Je suis jalouse de cette vérité charnelle. Je voulais que tu me ressembles pour ce lien intangible, opposable au reste du monde. Parce que sans cette ressemblance, j'avais peur qu'on vienne vous reprendre, comme si le reste du monde pouvait douter de ma vérité de mère. En fait, il n'y avait que moi pour douter, pour me trouver insuffisante, pour m'accuser de faillite maternelle. Tous les autres, tout le monde s'en foutait. Le monde était occupé à regarder ailleurs.

Depuis, l'obsession, la blessure de la ressemblance physique s'est dissipée. J'ai plongé dans l'épaisseur de nos liens. Depuis que je vous connais un peu plus, depuis que vous avez la parole, je ne vois plus votre visage. Je sais que vous ne voyez pas le mien. J'ai réalisé vers quinze ou seize ans que mon père avait un bec-de-lièvre sévère. C'est comme ça avec les gens qu'on aime, je crois. On réagit à la moindre expression du visage. Le renflement brillant d'une larme naissante nous met en alerte. Mais on ne regarde plus leur visage, on ne peut plus s'arrêter à la surface du visage, on ne sait pas s'il est beau ou pas, on ne le saura plus jamais. On a déjà plongé en eux, c'est trop tard.

Aujourd'hui, je ne sais pas si vous me ressemblez. Bien sûr, j'ai encore du plaisir à l'entendre, même dans les conditions les plus absurdes. Un articulé inversé découvert chez le dentiste, comme celui de maman, myope et astigmate comme maman, même si ça vous vaut une promesse d'appareil dentaire et une ordonnance de lunettes. C'est ridicule évidemment. Vous m'avez appris que rien, en dehors de ce lien sans visage, n'a d'importance. Ni ceux que cela semble amuser de répéter que vous ne me ressemblez pas – mais qui sont ces gens ? –, ni ceux qui s'étonnent que nous ne portions pas le même nom, ni même cette surveillante de cour d'école qui me tient tête : non, ce ne sont certainement pas vos enfants puisque je ne vous vois jamais à seize heures trente. Le mal qu'elle m'aurait fait il y a quelques années… Je souris aujourd'hui parce que je sais qu'ils ne savent pas. Ils ne savent pas que notre lien est plus grand qu'eux. Ils ne savent pas qu'ils ne peuvent rien dire, ils ne peuvent rien faire qui ébranlerait notre lien. Ils ne savent pas mon émotion quand je te vois, ma fille, essayer les vêtements que tu as reçus à Noël et qui dessinent déjà, malgré toi, l'esquisse d'une jeune femme. Ils ne savent pas, mon fils, que mon corps a encore en mémoire la position dans laquelle je te berçais la nuit, dans un bras, ton petit ventre en tension contre moi, ton bras qui pendait le long de ma hanche, la façon dont tu te relâchais par à-coups pendant que je chantais « Ne pleure pas Jeannette », la seule chanson dont je pouvais me rappeler les paroles. Si sordides qu'elles m'ont souvent fait sourire au creux de la nuit. Mais rien à faire, rien d'autre ne me venait. Ils ne savent pas comme ma gorge se serre, ma bébée, quand je te vois courir vers moi, avec les yeux qui crient ta joie et tes boucles rousses qui me parlent de liberté. Personne ne sait la texture de nous, mélangés sur le canapé, fourbus, quand je vous lis des poèmes, quand vous râlez et que vous finissez par entendre le rythme, la musique, la lumière. Quand vous posez les questions philosophiques de l'enfance et que je retiens ma respiration parce que ma réponse aura une importance démesurée pour vous. Personne ne sait, quand je vous console d'une peine, que tous les autres, ceux qui nient les ressemblances et ceux qui les voient, ceux qui croyaient au ciel et ceux qui n'y croyaient pas, comme dit Aragon, tous s'évanouissent autour de nous. Personne ne nous voit. Nous sommes ensemble comme si rien d'autre n'avait jamais existé.

J'arrive en courant, entre un dernier mail et l'écoute distraite d'une interview. J'arrive en talons dans la grande cour pavée du Centre de danse du Marais. C'est mon tour. Je m'arrête, je regarde autour de moi, partout de grandes fenêtres ouvertes malgré le froid de décembre. De la musique sort des différents étages. Je ne connais pas la salle, je ne sais pas l'horaire précis ni le chemin. Je sais juste que c'est mon tour. Grand escalier, salle Puccini. Je monte les premières marches d'un marbre centenaire. Mon téléphone m'accompagne encore, il pulse comme un précieux battement dans ma main. Un battement artificiel et pathologique. La vie, tout autour de moi, n'a pas encore vraiment resurgi. Je suis entre deux. Premier étage. Une porte dérobée donne sur un deuxième escalier, étroit, tout en bois. Je suis annoncée par tous les craquements du monde. Cette odeur de bois, celle du gymnase de mon enfance, celle des bibliothèques de ma jeunesse. Cette odeur de bois m'attrape et me rassure.

En haut, dans les couloirs étroits, c'est l'effervescence. Partout, il y a des petites danseuses qui se froissent et se défroissent. En rose, en bleu, en mauve. Partout des petits chignons impeccables, des petits pas sautés, des rubans qui se perdent. Des parents qui se collent aux murs, des parents qui peignent et se plient en deux pour enfiler des collants fragiles. Je ne te vois pas encore. Je cherche la salle. C'est à mon tour de venir pour ta démonstration annuelle. L'ordinateur fermé en hâte, les escaliers du métro qu'on dévale, les idées qui restent en suspens, c'est mon tour. Votre père le judo, et moi la danse. La température est suffocante. Je n'ai pas la place de retirer mon manteau, les petites filles courent en tous sens, interpellent des parents qu'elles ne peuvent pas atteindre. Les groupes entrent et sortent dans les trois petites salles à l'étage. Les vestiaires sont en ébullition. Il faut se frayer un chemin parmi ce ballet. Je trouve ta salle. Elle est minuscule, un miroir au fond et une barre qui le traverse, comme dans les films, comme dans les rêves préfabriqués pour les petites filles. Je me précipite au premier rang. J'enfonce mon manteau et mon sac sous le banc, par terre. Je regarde les plafonds peints par l'Histoire, les parents agités et ta professeure qui cache si mal son impatience et la tendresse qu'elle a pour vous. Ses regards de sévérité qui ne tiennent pas la route. Je t'attends.

Ton groupe entre au compte-gouttes, je ne te vois pas. Une nuée de petites filles, tellement petites filles. Tout devrait me crisper, le silence qui vous est imposé, les coiffures qui vous tirent le cuir chevelu, la discipline, vos corps qui vont se déformer, vos pieds qui souffrent déjà. Une allégorie de ce qu'on impose aux femmes. Tout devrait m'irriter, je devrais t'attraper par la main et te faire découvrir un sport où tes mensurations ne seront pas scrutées, un sport où tu pourras sauter, crier, taper dans les mains. Un sport où seule ton énergie sera la mesure.

Et puis je te vois.

Tu es en justaucorps bleu ciel, ou mauve. Très vite, je ne sais plus la couleur. Tout s'arrête. Tu ne me regardes pas, évidemment : de la pudeur, de la concentration. Moi je vois tout. La grâce, le port de tête, la lenteur calculée de tes gestes, puis l'impulsion et les sauts. Je vois la fierté et le travail. Tu es une étrangère devant moi. Je ne savais pas cela de toi. Tu as onze ans et déjà, tu sais faire ce que je n'ai jamais su faire. L'exigence dans tes gestes. L'élégance. Je ne vois plus un sport de filles. Je vois ta force. Je vois ton intensité. Je ne voyais pas cela de toi. Je vois ce qui n'est qu'à toi. Que c'est beau.

Lettre IX

Je n'ai plus peur. Je n'ai pas peur que vous tombiez, que vous avaliez un jouet ou que vous mettiez vos doigts dans la prise. Je n'ai pas craint très longtemps que vous buviez des produits ménagers. Ça arrive, je sais. Je n'ai pas peur que vous vous cassiez une jambe. Je n'ai pas peur que vous vous brouilliez avec vos copains, je n'ai même plus peur des poux. Je n'ai pas peur que vous ayez de mauvaises notes.

Avant, j'avais peur. J'étais tendue à l'idée de m'occuper de vous toute seule, quand votre père s'absentait. Peur de ne pas avoir assez de bras, pas assez de patience, pas assez de réflexes. Pas assez de plaisir et de joie, surtout. Il aurait fallu se réjouir publiquement. Une soirée avec mes petits, enfin, je n'ai besoin de rien d'autre. Mais à la place, je me renfrognais. Ces soirées-là étaient mes épreuves, des plongées sans oxygène dans le monde des disputes et de l'intendance. Ces soirées qui n'en finissaient pas. Ces soirées opaques, basiques, prosaïques. Ces soirées de bave, de morve, de caprices et de diarrhées. Ces soirées qui semblaient si instinctives, si évidentes pour tout le monde, pour tous ces autres. Les compétences basiques de la mère, le bon sens, les règles de base de la vie. Tout cela était muet pour moi, irritant. Mais depuis que tu es née, ma bébée, je ne sais pas pourquoi, je ne suis plus tendue à l'idée de m'occuper de vous trois toute seule. J'ai appris à lâcher peut-être. Ou alors on a déjà atteint un niveau de morve où ça n'a plus d'importance. Plus assez de bras, plus assez de patience, plus assez d'envie. Le moment où, après trois accouchements, une addiction familiale à la gastro et une production régulière d'éruptions cutanées toutes plus repoussantes les unes que les autres, plus aucun fluide corporel n'a d'importance. Il ne vous reste plus que l'humour. Certains soirs.

En réalité, je crois que je n'ai jamais eu peur de vous. Caché derrière vous, rampant, celui dont j'avais peur, c'était le monstre domestique. Aujourd'hui encore, j'ai toujours peur de lui. Il grogne, il m'appelle. En apparence, il n'y a rien qu'un appartement, trois enfants, rien d'anormal. Mais il montre les dents, il me lacère les mollets, il m'attend au tournant, il me rappelle à l'ordre. Je suis la seule à l'entendre. Parfois, je manque de vigilance, il me noue le dos, il me tord le ventre, il fait imploser ma tête. Un jour, il a cru que j'allais m'échapper. J'avais pris un livre, j'avais dit tant pis si les vêtements n'étaient plus repassés dans cette maison, et après tout, les enfants pouvaient bien manger des pâtes trois jours de suite. Il a renforcé sa surveillance, il est devenu plus agressif. Le monstre me suit de pièce en pièce, il me harcèle. C'est à cause de lui que je me relève le soir pour désamorcer sa colère et ranger encore un peu plus. À cause de lui que je ne lis plus à l'heure de la sieste des enfants. Il me montre le chemin de la cuisine ou de la buanderie. Il ne plaisante pas avec ça.

Il est arrivé à petits pas, avec toi, ma fille, quand nous sommes rentrés de la maternité. Il s'est glissé derrière nous, par la porte entrebâillée, sur la pointe des pieds. Au début, il se rappelait courtoisement à ma présence, on se souriait, il était plutôt content de moi. J'avais stérilisé les biberons, fait des purées maison et une machine à laver par jour. Puis il a grossi, il a enflé. Enfant après enfant, avec mes années et les vôtres. Depuis, il est toujours pressé, toujours fâché. Il m'isole, de vous, de moi-même. Et pourtant je n'ai jamais été seule à la maison. Dans les premiers temps, votre père et moi, nous n'étions pas d'accord au sujet du monstre domestique. Il trouvait que j'en faisais une montagne, qu'il n'était pas si terrible. Il ne fallait pas non plus en faire une obsession. Le monstre ronronnait tranquillement en sa présence, c'était tellement frustrant. Au fil de mes années et des vôtres, votre père a commencé à entrevoir ses yeux rouges, sa rage, son intransigeance. Le monstre a cessé de l'ignorer, de l'épargner, il lui a montré les crocs. Et votre père le voit comme moi, désormais. C'est lui qui donne son air sévère, c'est lui qui lui souffle qu'il n'est pas assez autoritaire, qu'il ne faut pas laisser faire, qu'on ne fait pas comme ça quand on est un père. C'est lui qui ne le laisse jamais trop s'éloigner des magasins de bricolage, lui qui lui demande de bien ranger la caisse à outils, mais de l'avoir toujours sous la main. Et ces ampoules qui grillent tout le temps. On essaie de le prendre par le collet. De le mettre dehors. Il reparaît toujours, il connaît bien le chemin.

Parmi nos proches, parmi les femmes que je rencontre, je vois celles qui sont seules en tête à tête avec leur monstre domestique, séparées ou avec des conjoints qui partent durant des semaines entières. Quelque chose de hagard, de traqué, d'incessant dans leur regard. J'ai toujours été fascinée par l'intensité silencieuse de leur épuisement. Ces femmes qui courent d'une réunion coupable à la relève de la baby-sitter, le week-end sans repos, le week-end d'astreinte, toujours les mêmes, à chaque fois ça tombe sur elles, aucun adulte à qui parler, pas d'épaule, pas de complice. Seulement elles et le monstre domestique, toujours muet, toujours accusateur. Pas de viens voir dans quelle position elle dort, ni de tu ne sais pas ce qu'il m'a dit ce matin. Rien, juste le monstre et son regard de suspicion.
Si j'avais été seule, mon fils, quand tu as traité ta grande sœur de tempête de neige. Ou dans la voiture au retour de la plage : maman, j'ai trouvé un très

beau caillou sur la plage, d'une forme floue et humide. Si j'étais seule à t'observer en douce, mon fils, quand tu reconstruis les musées du monde en Kapla. Toi, ma bébée, quand je te vois endormie, avec une peluche serrée dans chaque bras. Le sommeil qui te prend en flagrant délit de tendresse radicale. Si je n'avais pas eu ton père à qui raconter… Le monstre domestique, lui, n'aurait pas desserré la mâchoire. Il m'aurait montré la pile de linge à plier ou la poussière de la plinthe à côté de ton lit.

Je vois ces amies, seules dans leur quotidien, le père absent ou disparu, le père qui ne se sent pas concerné, et elles qui n'en disent pas un mot. Le père qui part avec une valise frugale, une valise d'homme. À l'intérieur de la valise, la certitude de servir la nécessité. J'aurais détesté ça. J'aurais détesté être celle qui reste. Je l'aurais détesté lui. Aventurier de la facilité. Qu'on ne me raconte pas que c'est dur d'aller travailler.

Toutes ces femmes m'émeuvent. Elles disent que ce n'est pas courageux, qu'elles n'ont pas le choix. Jamais de remerciements. Uniquement des remerciements de femmes, celles qui savent, celles qui voudraient consoler. Tu assumes beaucoup, tu es courageuse, je ne sais pas comment tu fais. Sinon elles n'osent pas, elles font bien attention, elles disent que tout cela est normal. Leurs mères leur avaient déjà appris à ne pas parler trop fort, à ne pas parler tout court. Je les trouve fortes, ces femmes, qui se lèvent à six heures et demie après une nuit morcelée. Elles se douchent sans bruit comme un acte de résistance. Dans moins d'une heure, tout va s'enchaîner, la négociation avec les vêtements, les goûters attrapés en hâte, les signatures oubliées dans le cahier, les petits nez qui coulent, les écharpes qui se coincent, les gants perdus, les promesses à la va-vite, les je veux pas aller à l'école. Pas le choix. Elles sont courageuses, ces femmes, qui font comme si de rien n'était au travail, avec leurs amis ou dans la rue. Elles n'ont pas le choix. Comme si la crèche n'était pas en embuscade, comme si la nounou était à l'heure, comme si elles savaient quoi répondre à l'école qui appelle, qui crache son impatience. Courir encore. Ne pas s'arrêter. Parce que c'est plus dur de repartir, elles le savent. Elles me paraissent héroïques, ces femmes qui rentrent le soir, ouvrent grands leurs bras, couvrent leurs enfants de baisers, tombent à la renverse, la baby-sitter qui part en courant. Personne à qui raconter leur journée. La journée qui tombe, la journée qui sombre et qui s'éteint, la journée dont le seul souci est de tenir malgré la fatigue.

Héroïques encore quand elles font une fête de l'appel vidéo avec le papa, accueilli en héros. Ce papa à l'autre bout du monde. Ce papa qui voyage dans le grand monde, loin du monstre domestique. Ce papa qui n'a jamais le temps, on l'attend de pied ferme. Plus on l'attend, plus il est fort ce papa qui ne se mesure jamais au monstre domestique. Ce papa qu'on imagine avec des lions, cet incroyable papa qui construit des ponts ou qui invente des vaccins. Ou ce papa qui fait un voyage d'affaires qui ne sert à rien, ce papa qui dînera dans un restaurant et qui finira la soirée en ayant trop mangé et trop bu, dans des discussions de plus en plus décousues. Après une nuit de sept heures, on lui servira un petit déjeuner paisible sans qu'il ait rien d'héroïque à faire : juste donner le numéro de sa chambre. Ce papa qui n'aura pas d'autre préoccupation que lui-même, ce papa qui ne demandera pas à sa femme si elle a bien dormi cette nuit-là. Elle, elle ne le dira pas, elle n'en parlera pas, à quoi ça servirait, il doit le savoir. Il le sait. Elle ne pourrait qu'abîmer cet homme, cette image de l'homme, écorner l'envie de revenir. Elle se taira, c'est sûr. Mon billet qu'elle se taira.

Mais on est encore le jour précédent, elle s'allonge comme on s'effondre, pendant qu'il rit bêtement à l'autre bout du monde sans plus penser à eux, parce qu'il ne peut pas toujours penser à eux, ce ne serait pas juste, il doit vivre. Elle se dit soudain qu'elle aimerait qu'on lui demande à elle si elle va bien, si elle tient le choc. Elle voudrait qu'on la voie derrière l'intendance, elle aimerait pouvoir faire défaut aussi. Elle y pense furtivement, à petits pas, comme par effraction, dans un silence craintif. Elle s'en veut. À quoi bon le dire. Il n'y a pas de réponse, il n'y a que de l'embarras, de l'incompréhension. On ne peut pas leur parler de solitude, ça ne sert à rien.

Ils se braquent, ils se murent, ils se referment. Et le silence s'installe, ça finit avec plus de solitude encore, de la froideur aussi. Des jours pour rétablir le dialogue, avec le sentiment visqueux, injuste, immonde, d'avoir à s'excuser. Ce monde où elle est seule, ce monde qui lui va bien, à lui, depuis qu'il ne la regarde plus. Elle ne peut pas dire ces mots-là. Elle voudrait s'empêcher de les penser, pour ne pas avoir à les retenir, à les retourner contre elle. Mais elle n'a rien à craindre, personne ne l'entend. Personne ne l'écoute.

C'est à ce moment précis, comme une bouffée d'ironie, comme un coup bas du monstre domestique, mais aussi comme un espoir, comme une pensée interdite, que son bébé se relève. Les petits pas feutrés, traînants. Il est vingt-trois heures, elle n'en peut plus, la fatigue lui donne la nausée, lui écrase les cernes, lui serre la tête. L'envie de renoncer. Elle n'a pas le choix. Elle voudrait qu'il fasse demi-tour. Mais il est là, dans l'encadrement de la porte qu'elle laisse toujours ouverte pour entendre les petits corps qui tombent et les cauchemars qui guettent. Il est là, et il la regarde avec une malice encore embuée de nuit. Il ne sait pas s'il peut faire un pas de plus. Il tâte le terrain. Ça va maman ? C'est un subterfuge pour rester, elle le sait. Tout de même. Elle ne sait plus qui, d'elle ou de son bébé, a besoin d'être consolé. Mais elle remet le costume, toujours.

Elle le caresse et le raccompagne tendrement jusqu'à son lit. Le murmure d'une chanson. La voix qui se brise et qui reprend au moindre sursaut de l'enfant. Héroïque. Pas le choix. Plus la force de résister. Elle se relève ankylosée, avec la lente précaution d'un démineur, soudain retenue, magnétisée par la vision d'une petite boucle de cheveux plaquée par la sueur de pleurs qui se sont tus.

Ce matin, il y a le bitume et il y a toi. Il y a le soleil impatient de juillet et il y a toi. Toi et tes boucles rousses qui sautent en tous sens. Tu cours sur le trottoir. Toi et tes bras dodus, dans une jolie petite robe d'été. Toi et les sandales que tu as enfilées à l'envers. Je ne te demande plus de les mettre à l'endroit. C'est ma manière à moi de retenir le temps, tes petites sandales à l'envers. Tu cours depuis qu'on a passé la porte de la maison et tu te diriges gaiement vers ton dernier jour de crèche.

Le dernier jour de crèche pour toute la famille. Plus jamais je n'aurai à cacher que tu as de la fièvre. À te faire avaler une dosette de Doliprane précisément vingt minutes avant l'arrivée à la crèche pour faire comme si de rien n'était.

Plus jamais je n'aurai à enfiler ces surchaussures trop petites, assise sur un banc à taille d'enfant, les sacs qui glissent de mon épaule, le manteau qui me raidit et me gêne dans une entrée surchauffée.

Plus jamais je n'aurai à dire bonjour et à faire des risettes aux autres enfants, pour rendre la politesse aux parents qui te font des mamours que je trouve suspects.

Plus jamais on n'aura besoin de redire, face au silence emprunté de la directrice de la crèche, que maintenant c'est bon, on sait qui te mord, parce qu'à presque trois ans, tu parles et tu nous as déjà dit vingt fois son nom !

Plus jamais je n'aurai besoin de retenir le prénom des jeunes femmes qui défilent incessamment auprès de vous ni même le nom bêtifiant des sections.

Ou d'essuyer un regard sévère parce que la nouvelle nounou n'est pas inscrite sur la feuille.

Ou de raconter mon week-end à une fille de vingt ans qui me parle comme si j'en avais deux.

Ou d'entendre : t'as de la chance, maman vient te chercher pour une fois.

Ou d'expliquer que oui je vais faire du sport après, étant donné que je suis totalement habillée en vêtements de sport. J'ai de la chance, oui.

Ou d'esquiver quand on me demande si ta nounou pourrait peut-être venir plus tôt pour que tu aies des journées plus courtes. Comme si le quotidien à la maison était plus reposant.

Ou de répondre que je suis en réunion en province, mais que je vais voir ce que je peux faire, quand on m'appelle pour me dire que tu es au plus mal mais qu'à six heures tu démontes tous les jeux du parc.

Ou de sourire comme on ferait un doigt d'honneur quand on me dit : elle sait ce qu'elle veut hein, il y a des enfants qui savent rester calmes mais pas elle, et elle ne dort pas, en plus.

Tu cours vers ton dernier jour à la crèche. Et moi vers un grand soulagement.

Lettre X

Je ne peux pas croire que ça m'arrive aussi à moi. Dans le métro, depuis toujours, il y a les vieux au visage froissé. Ces regards lourds de reproches et d'inconfort chronique. Il y a ces vieux aux goûts vestimentaires douteux, aux pantalons qui accusent les genoux. Les manteaux passés et les chapeaux mous, les collants chair, les vernis nacrés et les dos voûtés. Depuis toujours, il y a ces vieux et il y a moi. Moi, qui ne laisserais jamais une dérive pareille m'arriver.

Jusqu'à ce jour de juin et à ce mouvement improvisé avec lequel je me retourne pour observer la face arrière de mon corps dans le grand miroir en pied. À cet instant, il faut t'imaginer, ma fille, en toute petite poupée qui arpente le couloir d'une démarche mal assurée. À cet instant, tu trébuches. Entre le bruit mat de ta chute et tes pleurs, je sais que j'ai quelques secondes de répit. Et ces secondes se figent, tout s'arrête, ma respiration aussi. Je suis dos à mon miroir. Cette torsion, par laquelle je découvre la

nouvelle version de mes fesses, l'ampleur des dégâts, je regrette déjà de l'avoir faite. Trop tard, le verdict tombe sévèrement. La cellulite a remporté une bataille stratégique. Elle a réussi à faire du temps son allié. À moi, il reste les régimes et les culottes gainantes. Alors, je ne peux pas m'en empêcher, c'est si facile, j'accuse ma grossesse et je t'accuse même toi, ma bébée qui ignores tout, toi qui es encore en apesanteur entre la perte d'équilibre et la vexation d'être tombée. Toi qui n'es coupable de rien. C'est injuste, et surtout c'est trop facile.
À cet instant j'ai encore quelques secondes pour moi, des secondes suspendues où je comprends soudain que je suis bel et bien déjà sur la ligne de départ, que ça a commencé à m'arriver à moi aussi. Vieillir, mollir, descendre, flétrir, faner, rider, ternir, pocher. Ça m'était arrivé au moment où je m'y attendais le moins, quelque part entre les couches et les courtes nuits, entre les couloirs du métro et le calage du menu avec la nounou.
Après, ce n'est plus qu'une suite pathétique de séances absurdes de palper-rouler, de nouvelles grossesses avec leur cortège de vergetures. Et puis un jour de canicule, je fais ma séance de sport. Trois minutes de planche sans penser, gainer et égrainer les secondes, c'est la procédure. Une forme inhabituelle attire mon regard. C'est la poche un peu flasque de mon ventre, un amas de chair qui se désolidarise du reste de mon corps. Clairement, ceci n'est pas à moi. Que quelqu'un vienne le récupérer.

On apprend à rentrer son tee-shirt dans son pantalon, on apprend les blouses larges et floues, on cherche à valoriser ses atouts pour détourner le regard du reste. Tout cela est ridicule. Jusqu'ici tout va bien. Je m'évite du regard, nue ou en sous-vêtements, je ne veux pas dilapider bêtement cette bonne humeur. Je ne veux pas me résumer à cette peau qui s'en fout. Ni mettre le chiffre de la balance entre moi et la douceur si chaude d'un enfant que j'arrache du lit de l'aube pour le serrer contre moi. Je ne veux pas devenir une de ces tristes femmes qui se morfondent d'avoir vieilli. Pourtant, je vis avec cette certitude que le temps me trahit. Même si c'est déraisonnable de ne pas l'accepter, de ne pas se conformer à la marche du monde. Le temps gagne toujours, alors à quoi bon. Je trouve bien étranges ceux qui s'y habituent. Est-ce qu'on perd un jour le goût de la liberté et du chocolat, le goût de courir dans les clairières ou sur un tapis de course ? Est-ce qu'on perd l'envie de se relever d'un bond et de se tenir droite face à la mer ? Est-ce qu'on ne veut plus ressentir la force qui bat dans notre pouls ? De quoi peut-on rêver alors si on accepte que le temps a déjà gagné ? Je déteste l'idée de vous imposer ce récit de la décrépitude, du ralentissement, de la raison, je refuse de le rapporter à la maison. Pourtant, je sens que le temps m'abîme et je ne peux ni me défendre ni riposter. Avec ce temps, j'aurais voulu fabriquer plus de câlins, plus de surprises, plus de soirées télé. J'aurais voulu plus de courses improvisées dans la rue, plus de séances de crêpes collectives, plus de sauts au-dessus des flaques, plus de fous rires. Il me reste quelques années encore, pour faire comme si je n'avais même pas mal, pour faire comme si je n'avais ni miroir ni balance. Quelques années pour vous protéger, pour me protéger. Ce n'est pas beau de vieillir, disait mon grand-père. Vous avez accéléré la chute, avec les grossesses, les nuits sans sommeil, la fin du répit. Mais vous êtes ma plus belle raison de vieillir.

C'est un matin comme les autres, il fait à peine jour, on est à peine à l'heure. On se dépêche de mettre les manteaux, je te coupe la parole, mon fils. Ta petite sœur me montre son dessin. Il est moche, tu le dis en douce. Elle t'entend, bien sûr. Tu voulais qu'elle t'entende. Tu répètes au cas où. Je dis à ta sœur de ne pas te croire. Votre grande sœur arrive dans le salon. Elle voit la scène. Elle comprend où ça va, elle rebrousse chemin. Elle préfère ne rien avoir à faire avec vous, ni avec moi. Je te traîne, je te pousse dans les escaliers recouverts de bâches pendant les travaux de peinture. Tes pieds de plomb. Tu refuses de fermer ton manteau. La rage monte. Je te fais la morale, on ne dit pas que c'est moche. Mais c'est moche. Non ce n'est pas moche, elle a quatre ans. Bah c'est moche quand même. On avance dans la rue de Turenne, on évite quelques passants. Nous ne sommes pas nombreux. Il y a déjà le camion de livraison devant le poissonnier, mais rien ne bouge. Tu continues, c'est moche. Je ne lâche pas, ce n'est pas moche. Nous sommes deux enfants.

Tu traînes, tu marches deux pas derrière. Tes yeux noirs. Ma rage. Tu n'avances pas, tu restes sur le passage piéton, comme un âne qui refuse de bouger, je t'attrape par le manteau pour te faire traverser. Dans le mouvement, mon doigt se prend dans ta fermeture Éclair, la coupure que je m'étais faite deux jours auparavant se rouvre, le sang perle tout de suite. Un petit éclair de douleur. La rage surtout. Je te crie dessus, mais merde, regarde ce que tu as fait ! Ça fait mal et ça saigne ! Plusieurs jours sans pouvoir me laver les mains correctement, entre le pansement qui bâille et le gel hydroalcoolique qui brûle. Et toutes ces épidémies qui rôdent. En réalité, tu n'y étais pour rien, à part le coup de l'âne bâté, un grand classique dans le répertoire des enfants.

Tu me regardes et tu te refermes. Tu te refermes totalement. Tu ne dis plus un mot, tu marches à trois mètres de moi. Tu culpabilises sans doute et je le sens. Alors je t'arrête, je te dis de me parler. Me dire quoi, tu ne sais pas. Les voitures s'intensifient, les parents vont et viennent avec, puis sans leurs enfants. Je veux une chance de te dire que j'ai réagi trop vivement, que rien n'est grave. Mais tu ne dis rien, tu me fixes avec un regard de défi. Tu es là, avec ta capuche bordée de fausse fourrure, tes nouvelles lunettes. Je te reconnais à peine. Je ne reconnais pas cette férocité, ce silence absolu. Je te dis ok alors on reste là, on attend tant que tu ne me parles pas. Ça devient absurde. Que tu me dises quoi, tu ne sais peut-être pas, en tout cas tu ne diras rien. On attend. Tout le monde nous évite et les minutes passent. Je ne sais plus quoi en penser, je ne sais pas revenir en arrière. Le sang perle le long de mon doigt. Je lèche le sang, tu me vois. La rage reprend, je repars. Tu suis, tu ne suis pas, cela m'est égal. Je suis décidée à traverser la dernière rue avec toi pour que tu sois en sécurité. Puis je te laisse finir les cinquante derniers mètres seul, dans le flot des enfants qui accélèrent le pas. Mais seul tout de même. Tu n'auras rien dit, rien du tout. J'ai dit salut bonne journée, toi rien. Je ne saurai jamais si tu étais triste ou victorieux. Les deux sans doute. Et le souvenir de ton visage mutique, fermé, indéchiffrable. La journée qui s'annonce sans toi, sans les mots, ni les miens ni les tiens. Quelque chose durcit en moi.

Lettre XI

Ça commence parfois par un appel de la crèche vers seize heures, mais pas toujours. Cet appel, on hésite à y répondre. On sait qu'à l'autre bout du fil, la crèche nous dira que l'un de vous est malade.
Cet appel, ça pourrait être grave. Je n'y ai jamais pensé. Comme je n'ai jamais transposé sur vous la moindre histoire sordide. Je suis presque incapable de vous imaginer avec un cancer. Lors d'un séminaire professionnel, longtemps avant votre naissance, j'avais vu une jeune mère fondre en larmes en voyant les photos des enfants déportés dans les camps de la mort en Pologne. Ça aurait pu être sa fille. C'était ça, une femme qui devenait une mère. Quelqu'un qui voit son enfant partout. Je n'étais pas pressée.
Alors, ça commence parfois par un appel de la crèche ou de l'école, mais pas toujours, parfois ça peut attendre le soir. On passe la porte et, ça nous saute aux yeux, on ne peut pas faire autrement que de le sentir, l'un d'entre vous n'est pas dans son

état normal. Les yeux rougis, plus impatient et irritable que d'habitude. Un peu de fièvre, mais rarement. Parfois abattu, roulé en boule quelque part. On ne veut pas toujours voir, mais on le sait, on le sent. Une première salve de Doliprane comme un coup de poker, comme un coup de semonce qui défie la nuit blanche. On essaie de ne pas trop en parler, on ne veut pas être responsable, on ne veut rien précipiter. Mais l'atmosphère a déjà changé. Les deux autres, ceux qui ne sont pas malades, s'évanouissent dans la nature, ils vont lire, ils vont se coucher, on les oublie, ils savent que ce n'est pas le moment. Ils savent, bien sûr qu'ils savent. Ils se mettent aux abris, comme des petits animaux qui sentent la tempête. Le dîner, avec votre père, se déroule dans la cuisine, une chaîne d'informations en fond sonore, on réchauffe des restes. On se doute qu'on n'aura le temps de rien, qu'il ne faut se lancer dans rien. Il faut retenir l'énergie, faire des réserves. Le temps s'étire, le temps nous nargue. Il est vingt et une heures ou une heure du matin, on ne sait plus et ça n'a plus d'importance. Le petit malade s'est endormi, toujours. Évidemment, ce n'est qu'une trêve, tout le monde le sait bien. On vérifie les stocks de Doliprane, d'Advil. On se rappelle l'heure de la dernière dose. On se repose la question, Doliprane toutes les six heures, mais l'Advil juste après ? On reprend les notices. On se prépare à tout, discrètement, pour ne pas tenter le diable. Sans parler, on se salit les doigts en sortant le carton poisseux de l'antivomitif de l'armoire à pharmacie. Comme en préparation d'un match important, chacun se sourit en silence, on garde ses forces, on refait mentalement sa journée du lendemain, on évalue le repos nécessaire, l'intensité de la migraine acceptable. On se relaie pour se doucher. On hésite à se coucher. On ouvre un ordinateur parfois, perdu pour perdu, autant dompter les heures. On prend un bouquin, on ne s'allonge pas vraiment, on sait qu'il ne faut pas s'endormir. On s'est déjà fait avoir. C'est pire, vraiment pire, quand ça arrive à une heure du matin après quarante-cinq minutes d'un sommeil profond, quand il faut se lever comme on revient du fond de la terre.

Le match va bientôt commencer. Quelque chose dans l'air. Ce jour-là, il faut que j'aie déjà une énorme migraine et seule une demi-narine de libre pour respirer. Sinon c'est trop facile. Un de ces jours-là, ma fille, tu m'avais vue avant les hostilités, j'étais assez fiévreuse. Nous avons échangé quelques banalités sur ton cours de danse, tu as poursuivi ton chemin dans le couloir. Puis soudain, tu as fait demi-tour, tu t'es replantée devant moi. Tu m'as observée longuement, puis avec un regard presque méfiant : tu es beaucoup trop détendue pour être ma mère !...

Juste avant, tout est calme encore, chacun de son côté de la couette, à attendre sans savoir s'il faut continuer à attendre, si ça ne porterait pas la poisse d'attendre justement. S'il ne faudrait pas faire

comme si de rien n'était, arrêter de provoquer la nuit. Mais soudain mon rythme cardiaque s'accélère. Mon cerveau ne sait pas encore vraiment dire pourquoi, ma mâchoire se serre, mon corps est déjà en alerte. Le coup de sifflet, c'est un premier cri, suivi de conséquences plus ou moins alarmantes, plus ou moins hygiéniques. C'est précisément ce coup de sifflet qui suspend mon angoisse du temps qui passe. Toujours, je prends mon angoisse à rebours, je la nomme, je lui parle. Ces moments-là, mon angoisse, tu les regretteras aussi ? Tu sauras m'inventer une nostalgie de l'épuisement ? Tu voudras me faire dire que je donnerais tout pour revivre ça ?
Progressivement, j'entre dans une alternance étourdie entre réveils et somnolence. La nuit découvre son jeu, elle me dit qu'elle est là. Que cette fois on va faire un bout de chemin ensemble, qu'il ne faut pas avoir peur. Que ça reste chez moi, un chez-moi où la nuit règne, où il n'y a que la lumière des lampadaires orangés. Je marche à pas feutrés, sans même le décider. La nuit a pris la main. Elle est puissante, implacable et douce à la fois. Sans vous, ces moments n'existeraient pas. Sans vous, la nuit règne mais je ne la vois pas. Les appels, les gémissements, les haut-le-cœur, les draps à changer, les mamans, les papas, les machines à lancer, les douches, les précautions maladroites pour préserver le reste de la maison. Vos pleurs malades dans la nuit n'appartiennent qu'à moi.

C'est le temps des montagnes russes émotionnelles, de l'écartèlement des sensations. D'un côté, la solitude au creux de la nuit, sans l'aide des médecins, sans le relais de l'école, sans la lucidité du jour. Après une poignée de minutes d'un répit aux aguets, être tirée du lit par un nouveau cri. Et la peur du manque de sommeil qui se loge, année après année, dans mon cerveau reptilien. Mais aussi la plénitude, parce qu'à ce moment-là il n'y a rien de plus important que de vous rassurer, que de vous caresser. Je ne veux rien d'autre, juste que la panique vous quitte, que la douleur soit plus supportable. La nuit me parle de votre terreur, de votre malaise, de ce petit corps qui vous gêne, de cette fièvre qui vous hante. La nuit me rappelle mes propres terreurs d'enfant, la chaleur du corps d'un parent. Quand alors, il ne pouvait plus rien m'arriver. Quand la sécurité absolue, la confiance totale, la familiarité intense me protégeaient et s'interposaient entre la maladie et moi. Vous avez droit à cette sécurité, je vous la dois, pas de chèque d'amour sans provision, elle est votre droit d'enfant et votre héritage. Ces nuits-là, je pose le stylo. J'arrête de compter les heures, j'oublie de me plaindre, je ne sais plus le nombre de réveils, je ne sais plus que le lien qui nous unit, je ne vois plus que vos yeux clos, vos petites mains refermées sur mon pyjama pour être sûr, votre teint qui s'apaise et votre respiration qui se console.

Ce qui gronde

Quand le petit malade s'endort paisiblement, le jour se prépare. Au bout de la nuit, au terme de ces heures qui m'ont vidée, le temps prend une épaisseur inconnue. Je sais qu'il faudra empiler une nouvelle journée sur cet exploit que personne ne saluera jamais. Le temps est lourd et long, le temps est physiquement installé sous mes yeux, il pèse de tout son poids sur mes pommettes.

Tous les soirs, j'éteins ma lampe de chevet avec le sentiment affolé que le temps me glisse entre les doigts. Mais à l'aube de ces nuits de combat face à une otite ou une grippe, quelle que soit l'heure, au moment où l'urgence est tombée, au moment où la fatigue du lendemain est jouée d'avance, je tends encore un peu l'oreille vers votre chambre et je me roule dans cette épaisseur réconfortante du temps. Ensemble, on a tenu tête au temps. Vous vous endormez et vous me laissez la nuit.

Le café de l'aube traîne encore sur la table. Des miettes de brioche, des traces visqueuses de confiture. Il est plus de onze heures mais personne n'a bougé. Les convives ont écarté les chaises de la table. Certains sont sortis fumer, d'autres se laissent tenter par une tartine de trop, les derniers, encore en pyjama, restent accrochés à leur tasse et absorbés par les conversations. Il y a plusieurs discussions à la fois, puis elles convergent vers une grande déclaration, un éclat de rire et chacune reprend son chemin. Vous êtes quelque part, dehors dans le jardin, dans le grand dortoir ou cachés au fond d'un canapé avec une tablette. Dans la langueur ambiante, on vous oublie. On vous oublie avec votre complicité. Vous vous couvrez les uns les autres, c'est beau à voir. Vous en profitez, on le sait, et c'est bien comme ça.

La maison est baignée de la lumière de la fin août. On parle des vacances, on ne pense pas encore au retour à Paris. On veut encore de ce ciel, on veut encore de ce rythme sans horaire, sans affolement, sans colère. On veut arrêter le temps. Vous passez un par un, vos petites têtes à hauteur de la table, bousculés par les chiens, éblouis par le soleil qui tape les vitres et les miroirs. Vous défilez régulièrement pour nous demander un verre d'eau, un pansement ou un arbitrage. Tout le monde rit, il y a toujours des blagues, rien n'est grave, on refait du café à tour de bras.

Je crois que je raconte les précédentes vacances à la plage. Des mois d'économies pour avoir droit à une brûlure méthodique de la peau par le soleil. La marée de touristes, les cris, le sable partout, dans les vêtements, dans les plis de la main, dans les recoins des sandwichs. Toujours aux aguets pour s'assurer que personne ne se noie. Les moustiques à partir de dix-sept heures, les odeurs de diesel, la crème solaire qui poisse. Et les livres qui s'abîment, les livres qu'on ne peut pas lire, la frustration de ne pas pouvoir lire. Les seaux, les pelles, l'eau froide en dessous, le château de la Belle au bois dormant, les hordes qui détruisent tout en courant pendant que d'autres pleurent leurs œuvres, les moules en plastique, les pelles qu'on s'arrache. Moi cachée sous un parasol, qui m'ennuie dès la première minute. Puis l'éternité pour repartir, les maillots qui collent, le froid qui mord soudain, les serviettes trempées en boule, les bouées qui manquent à l'appel, les culottes oubliées à la maison. Les journées de plage basses et lourdes qui pèsent comme un couvercle.

C'est à ce moment, je crois, qu'elle le dit. Sans vraiment me regarder, en prenant surtout soin de ne pas me regarder. Assise comme on trône. La petite soixantaine d'années, même pas. La presque-tante qui accueille, qui héberge, qui abrite, qui dicte les mots et les règles. Le menton haut, elle qui n'a pas eu d'enfant, elle qui pense savoir. Elle qui n'a pas dû abandonner l'idée de lire plus de sept minutes consécutives. Elle qui n'est pas allée au bout de l'épuisement, au bout de l'irritation, au bout de la solitude, elle qui n'a renoncé à rien.

« Je trouve que les parents qui ne jouent pas à faire des châteaux dans le sable, à la plage avec leurs enfants, sont tout simplement des criminels. » Elle le dit sans me regarder et d'abord je ne l'entends pas, je ne sais pas qu'elle a rejoint notre conversation, je m'attarde sur la vue du jardin, le vert tendre, l'évidence de cette clôture en bois, la perfection de quelques vaches en arrière-plan.

Alors, elle le répète, elle le scande presque. D'un air de sérieux, d'un air impérieux même. « Les parents qui ne jouent pas à faire des châteaux de sable, à la plage avec leurs enfants, sont tout simplement des criminels. »

Des criminels. C'est tellement comique, ce verdict, drapé de certitude. Ce sérieux surtout. Une criminelle. Placez-moi vite en garde à vue. J'ai du sommeil à rattraper.

Lettre XII

À l'école déjà, je butais sur le temps. Je m'y suis cognée à chaque concours : le lendemain à la même heure, je connaîtrais le sujet, je l'aurais affronté, je l'aurais malaxé. J'en aurais déjà une conception nette et précise. Se dessinerait, en contraste, l'ensemble des sujets dont j'encombrais mon esprit à cet instant-là et qui ne me serviraient plus jamais. Le nom de tous les fleuves russes, ça ne sert à rien, même plus tard, j'étais déjà assez grande pour ne pas tomber dans le panneau. Parmi toutes ces fiches que je repassais, usées, cornées, une seule prendrait la lumière, mais laquelle ? Vingt-quatre heures plus tard, je le saurais, j'en serais certaine, ce serait une évidence, un sujet devenu non-sujet, un doute évacué, dissous dans le réel, une donnée, une information tangible, organique, sur laquelle j'aurais déjà sédimenté de la vie. Insupportable de limpidité.
D'ici là, impossible de savoir, ces vingt-quatre heures étaient un mur temporel infranchissable. On ne pouvait pas savoir, on ne pouvait pas gagner du

temps. Le temps se tenait bien droit, il me toisait. Ce temps, il faudrait le vivre, dans la tension, les conjectures, les révisions fébriles, les scenarios catastrophes, les discussions faussement détendues avec les copains devant la salle d'examen. Celle qui avait fait totalement l'impasse sur la IIIe République d'un air d'enfant provocateur. C'était faux, bien sûr. C'était mon incapacité à percer le temps, à sentir, à voir au-delà de ces vingt-quatre heures qui m'agaçait. Pas pour avoir une meilleure note, mais pour réduire l'angoisse, pour ne plus avancer à l'aveugle, pour jouer à la régulière avec le temps.

J'éprouve un sentiment assez proche, quand je vous regarde aujourd'hui. Le temps qui me sépare de votre vie d'adulte ne me raconte rien. Il ne me dit rien. Un mur. Il ne me rassure pas, il ne me donne pas d'indice. Comme au lycée, le temps se tient devant moi. Il me dit que je ne peux pas savoir, qu'il n'y a pas moyen et qu'il faudra vivre avec. Dans dix ans, tout me paraîtra clair, je pourrai tirer les fils. Je dirai même que c'était évident, que ça devait finir comme ça, que c'était écrit. Mais aujourd'hui, je ne vois rien. À ce stade, ma fille, tu veux devenir danseuse ou chanteuse. C'était plus drôle, il y a quelques années, quand tu voulais devenir dresseuse de crocodiles. Mon fils, tu veux devenir tennisman-mathématicien. Toi, ma bébée, j'aime quand tu me dis que tu seras une princesse avec une épée pour tuer les dragons. Et on se montre nos muscles pour savoir qui en ramènera le plus.

Bien sûr, j'aimerais retenir ce temps où vous êtes bien avec nous. Déjà les téléphones portables apparaissent dans les listes pour Noël. Vous ne voudriez pas un scooter ou une voiture plutôt ? Votre regard plein d'espoir… Vous vous faites avoir à chaque fois. Désolée. J'aimerais retenir ce temps où vous êtes mon apéritif et mon dessert. Ce temps des joues et des mollets comestibles. J'aime ton sourire radieux, mon fils, quand on t'emmène faire de la chute libre pour ton anniversaire. Les petits cris d'oiseaux que tu ne peux pas retenir. La joie a ton regard. J'aime tes câlins outranciers, ma bébée, dès que tu sens qu'on t'a vue, qu'on t'a prise en flagrant délit de bêtise. J'aime ces moments, ma fille, où tu prends la cuisine en main : tu t'agites, tu salis tout ce que tu peux trouver et finalement, tu brandis fièrement un gâteau magnifique. Dans la rue, je dois l'avouer, quand vous m'encadrez tous les trois, j'ai envie d'arrêter les passants. Ces enfants sont à moi. Vous avez vu. Ils sont beaux, non. Leur vitalité crève l'écran. Leur intelligence vous saute aux yeux. Une caricature. Je vous regarde courir, trébucher parfois, vous croiser, tirer sur des manteaux que vous refusez de fermer comme si votre vie en dépendait. Et ces sacs qui ne font que glisser de vos épaules.

J'aime ce temps où vos chagrins sont simples, où je peux faire la différence, où l'on vous suffit. Bientôt le monde surgira plus fort et plus bruyamment entre nous. J'aimerais savoir, je ne sais encore rien. Rien des adultes que vous serez, de votre langage, de vos obsessions. Ce que seront vos loyautés ou vos refus d'obstacles. Ce qui vous rendra fous de rage. Vos toujours et vos jamais. Je ne sais pas ce que vous garderez de nous. J'insiste avec grandiloquence sur la nécessité d'être vous-même et de ne surtout pas respecter les limites que les autres vous poseront. Je dis que vous serez toujours les bienvenus, toujours aimés, quoi que vous fassiez, à tout moment, même si parfois je ne serai pas d'accord avec vous. Je vous raconte le cycle du sucre dans le sang et la glycémie. Pourquoi, après un burger, vous avez l'estomac bourré mais faim deux heures plus tard. On lit ensemble les étiquettes des aliments. Je vous lis des poèmes, en retirant les mangas de vos mains, souvent celui de Kipling. « Tu seras un homme, mon fils. » Il se décline très bien au féminin. Je vous questionne, je vous raconte des histoires. On est nombreux dans la pièce : il y a vous, il y a moi et il y a cette autre qui ricane de mon application et de mes ficelles grosses comme des poutres. La réalité est plus drôle et plus caustique. Vous retiendrez de nous ce qu'on ne voit pas, ce qu'on ne sait pas de nous-mêmes, ce qu'on n'avait pas prémédité. Ce qu'on fait par réflexe, par instinct. Sûrement pas un discours construit et asséné avec le dos bien droit en emprisonnant votre regard.

Je ne sais pas quel récit vous ferez de votre enfance. Pour l'instant, votre père et moi sommes les seuls narrateurs. La réalité se conjugue à notre temps, avec notre vécu et nos sensations, il n'y a pas de

contradicteurs. Parfois, des on fait tout dans cette maison, elle, vous ne la punissez jamais. Mais rien de sérieux, vraiment.
Je ne sais rien des adolescences que vous nous infligerez. Tout est encore possible. Est-ce que vous deviendrez des bêtes hurlantes et revêches qu'il faut approcher avec une précaution de démineur. Serez-vous d'infatigables débatteurs, atteints de simplisme et d'idéalisme. Je ne peux pas deviner la forme de votre corps, ni les cicatrices que l'avenir écrira sur vous, votre démarche.
Aurez-vous mon intranquillité. Serez-vous des activistes. Serez-vous des féministes. Toi aussi, mon fils. Ce n'est pas faute d'avoir déployé une contre-culture de tous les instants. Ah bon, tu penses qu'il faut un amoureux très fort pour te défendre. Et si on apprenait à se défendre. Qu'est-ce que c'est un métier de fille. Tu crois vraiment qu'il y a des choses réservées aux garçons. Un slip, d'accord, un slip, ça marche...
Je ne sais pas, le temps est épais, il me bloque la vue. Je voudrais savoir. Je voudrais pouvoir m'organiser. Et si un jour, toi mon fils, tu levais la main sur ta femme. Si tu l'insultais jusqu'à ce qu'elle perde le sens de sa propre dignité, jusqu'à ce qu'elle doute de son prénom. Si tu infligeais ce spectacle à tes enfants. Si tu l'humiliais. Je ne peux pas l'imaginer. Je te crois si capable d'aimer, d'une bonté charnelle, directe. Tes larmes quand tes camarades se font punir injustement, quand la maîtresse parle

trop fort et trop dur. Copier quarante lignes pour un livre oublié, c'est vraiment trop. Je te demande si c'est toi qui as été puni. Tu me regardes, indigné, non mais qu'est-ce que ça change. Que j'aime ça. Le poème de Martin Niemöller négligemment affiché sur la porte du frigo depuis des mois : « Lorsqu'ils sont venus me chercher, il n'y avait plus personne pour protester. » Mon fils, si après tout cela, tu devenais un vulgaire propriétaire de tes certitudes, de ta femme, alors je n'aurais rien compris. Je me demande ce que ressentent ces mères d'hommes maltraitants. On dit souvent que ces hommes ont été des enfants battus. Mais les autres ? Ceux qu'on a choyés, ceux qu'on a aimés, écoutés, embrassés. Mon fils, si tu battais ta femme, c'est à moi aussi que tu ferais mal.

Ce temps où vous serez grands, je l'attends et je le redoute. Je crains de ne plus pouvoir vous serrer dans mes bras, par décence, par pudeur, par bêtise. Je crains que les jours ou les mots des autres tranchent dans l'épaisseur de notre lien, dans la certitude de l'amour. Que deviendra l'évidence de notre sang commun, que deviendra cette inépuisable envie de vous, si seule la distance avec moi peut vous construire. Si un conjoint vous isole, si vous êtes lassés de notre famille. Vous êtes tout et vous ne seriez plus rien. Faut-il que ce lien soit fragile chez vous, comme effaçable, comme optionnel. Je ne sais pas. L'ingratitude comme une condition pour que vous partiez à la conquête de votre propre vie. Choisir et fonder votre propre famille. Peut-être alors que je devrai calculer la bonne distance, évaluer quand vous aurez besoin de moi, quand vous aurez besoin que je parte. Le prix du lien. Il faudra rationner ma présence. Aujourd'hui, vous êtes insatiables. C'est bien comme ça. C'est cela avoir des enfants, accepter votre insouciance future, accepter ma solitude. Mais aujourd'hui, je hais ce temps qui ne me garantit rien pour vous. Je ne sais pas qui il mettra sur votre route. Je hais ces gens qui naissent aujourd'hui et qui seront les pervers de demain. Je déteste l'idée que vous puissiez être empêtrés dans des relations amicales ou amoureuses qui vous tordront le ventre, qui abîmeront votre confiance en vous. Je vois ces gens comme des ombres au loin, ils n'ont pas de visage pour l'instant. Quelque part déjà, ils ont un nom. Mon amour ne pourra pas toujours vous sauver, je le sais. Ceux ou celles qui vous humilieront peut-être sans que vous ne puissiez plus faire la différence. Ceux ou celles qui lèveront la main sur vous. L'ombre de cette main, le bruit sourd des coups, les regards ecchymosés qui se résignent. Je les hais.

Et pourtant, je voudrais que vous connaissiez la douleur. Sa couleur, sa texture. Que vous sachiez quand l'ombre de l'autre se pose sur vous. La douleur, je ne voudrais pas vous l'apprendre, je préférerais rester en dehors de ça. Je voudrais qu'on n'ait pas besoin de vous raconter la douleur, pas besoin de vous aider à la reconnaître, je voudrais juste que vous sachiez. Je voudrais que vous sachiez tout cela intuitivement pour pouvoir la fuir. Que vous soyez capables de fuir la souffrance, tout de suite, de ne jamais rien y trouver qui vous retienne. Que vous sentiez ce qui vous fait du bien pour fuir ce qui vous fait du mal. Ma fille, je t'ai dit récemment d'écouter ton ventre, celui qui se serre et qui devient dur quand tu t'approches de quelqu'un. On appelle ça une petite voix. Cette voix a raison, cette voix est la tienne, mais elle murmure, elle ne parle jamais fort, elle ne répète pas souvent, un rien, un demi-fou peut la faire taire pendant longtemps.

Je voudrais que vous trouviez la force de fuir ce qui n'est pas juste. Que vous n'y voyiez pas de défaite. Ces défaites que les autres ont tôt fait de décréter pour nous. Il y a longtemps, alors que je quittais un patron étouffant et décevant, une collègue m'avait prise à part pour me parler de mon échec. Elle était couverte de plaques d'urticaire, elle pleurait le soir, dans la pénombre des néons, quand tout le monde quittait le bureau. Son couple appelait à l'aide. Elle n'écoutait pas, sa mission à elle, c'était de rester.

Laissez-les parler, tous, cela n'a pas d'importance. Si vous cherchez ce qui est juste, vous ne resterez pas longtemps loin de vous-même. Chacun d'entre vous est aussi beau que la vie elle-même.

Depuis quelques semaines, nous sommes dans notre nouvel appartement. Depuis quelques semaines, vous avez désormais une petite sœur. Ma fille, tu l'as appelée par un autre prénom que le sien pendant quelques jours. Tu ne voulais pas la nommer, tu ne voulais pas qu'elle existe. Tu as reproché à ton père de ne plus être sa seule petite fille. On a pris tout cela comme ça venait. Ce jour-là, c'est fait, les cartes de ton monde ont déjà été rebattues et peut-être que tu te souviens à peine que vous n'avez été que deux enfants, et que tu as été seule avant cela. Nous sommes un dimanche en fin d'après-midi. Le jour résiste.

Vous êtes assis sur les bancs de la cuisine. Vous jouez à un jeu de société. Vous vous passez les dés, et une certaine fièvre du jeu, déjà. Ma fille, tu es sur le point de gagner. Je gagne quoi, tu demandes. Avec ton père, on saute sur l'occasion. À celui qui gagne, on dira un secret. Tu es en CP et on nous a dit que c'était le bon moment. Tous les deux, vous êtes électrisés. J'allume progressivement les lumières de l'appartement, je fais un peu de cuisine, je ne vous quitte pas vraiment des yeux. Évidemment, tu gagnes, on pouvait compter sur toi.

Tu réclames ton secret. On n'a pas envie, mais il le faut bien. On pense qu'il le faut bien. Alors tu nous suis fièrement dans la chambre de ta sœur toute neuve, cette chambre qui nous sert encore de débarras puisqu'elle ne peut pas protester. On s'assied tous les trois en tailleur, on se regarde. La gourmandise dans tes yeux. Tes jambes qui ne tiennent pas en place. Et on te le dit, on te le dit comme ça, de la mauvaise façon, parce qu'il n'y a pas de bonne façon. Il y aura les psychologues scolaires qui sauront bien sûr, quand il sera trop tard, quand on n'aura plus que le temps de la culpabilité. On espère un peu que tu le sais déjà, que c'est une formalité, que tu vas rire, que tu vas nous dire que ce n'est plus un secret pour toi. Alors on se lance, ton père te le dit. Voilà, le secret, c'est que le Père Noël, c'est une histoire.

On voit tout de suite que tu ne savais pas. Tu ris parce que tu crois à une blague. L'espace d'une seconde, tu ris, tu attends le vrai secret, moins fou, moins burlesque, un secret sérieux. Et puis le doute s'installe, ton teint perd quelques degrés. Mais non. Le coup d'arrêt dans l'enfance. Tranchée net. Mais non, tu dis. Il y a un décor qui s'écroule au fond de toi. Des musiques qui se taisent soudain. On est tellement désolés. On ne voulait pas que tu l'apprennes, démunie, dans la cour d'école, face à des plus grands, avec moins de délicatesse. On voulait que tu l'apprennes en douceur, que tu puisses poser tes questions, sans ravaler ta fierté.

On est toujours en tailleur, sur le parquet de la chambre fermée. Tu es sonnée. On est tristes. Bien sûr, on se demande si on a eu raison. Et puis tu reprends vie. Les patins à roulettes, c'était vous ? Oh merci. Et la licorne géante. Et le microphone. Soudain, tu les prends tous en plein cœur. Tous ces cadeaux, il y a cinq minutes, ils étaient tombés du royaume des lutins. Maintenant tu remets tout dans le bon sens. Ta gratitude, ta joie. Aussi inattendues que ta peine.

Ça fait longtemps qu'on est enfermés tous les trois. On se lève. Surtout ne le dis pas à ton frère, laisse-le croire encore, parce que c'est joli. C'est notre secret à tous les trois. Bien sûr tu ne briseras pas le mythe, trop heureuse de pouvoir t'y accrocher encore un peu.

Tu reviens dans la cuisine.

Alors, c'est quoi le secret, demande ton frère.

Crois-moi, tu devrais être content de ne pas le savoir, tu lui réponds. À ce moment-là, tu découvres que ça fait aussi un peu mal de grandir.

Lettre XIII

Ça a commencé par un petit agacement, une légère distraction, un rappel du corps, un petit inconfort. Ça a commencé avec on verra demain, ça ne doit pas être bien grave. Peu importe. Un petit point de douleur têtu dans le dos, entre la colonne et le bassin. Il s'est installé, il a usé mon indifférence. Il a cessé de se faire oublier, soudain il était toujours là. Alors il a fallu faire avec. Impossible de ne pas penser à David Lodge et sa douleur au genou dans *Thérapie*. Pourtant, je suis invincible. Jamais un médecin ne m'a annoncé un diagnostic inquiétant. Je dors trop peu, je dors mal, rien ne m'arrête. Plus je suis fatiguée, plus je cours, ça marche comme ça. Je ne sens plus rien. Je ne crois plus mes cernes. Ils parlent pour ne rien dire. Je suis à fond. J'accélère. Je n'écoute rien. Après quarante ans, il faudrait ralentir. Pourquoi ralentir. Pas besoin, je suis invincible. Sinon je tombe.

Mon dos s'est imposé dans chacune de mes conversations, il a parasité mes idées, il s'est inscrit dans ma démarche, je n'ai plus entendu que lui. Je suis invincible et hypocondriaque, forcément. Autour de moi, j'ai vu surgir les coincés du dos comme des zombies, les orphelins de disques, les porteurs de hernies, tous m'exhortaient à faire attention. Pour eux aussi, ça avait commencé comme ça. Eux non plus n'y avaient pas cru. Ils ne peuvent pas croire que moi, je suis invincible. Plusieurs rendez-vous médicaux : je suis sûr que ce n'est rien, mais si vous avez encore mal dans une semaine, ce pourrait être grave, une maladie sournoise qui liquéfie les os.

Le dernier mot devait revenir à une IRM lors d'un jour de grève pluvieux. Derrière les conversations, derrière le rideau de pluie, il y avait mon angoisse du diagnostic final. Le point de bascule qui s'annonce, la réponse de l'imagerie qui dit oui ou qui dit non. La réponse qu'on doit prendre pour argent comptant. Le résultat scientifique. On ne fait pas appel d'une IRM.

Je suis arrivée dans le centre d'examen avec la démarche assurée d'une funambule. Seule, comme au bord du précipice, prête à quitter le monde de la santé, de la vigueur et de l'insouciance. Je cherchais un regard, un café ou une autre raison de m'inquiéter. Me distraire. Fuir cette attente à laquelle seul le radiologue mettrait fin. Vingt minutes de musique électronique dans le boyau blanc de l'IRM. Moi d'une immobilité de bonne élève, les blagues des manipulateurs, le froid sous la mince couverture de papier, les yeux fermés, le souffle qui patiente, la claustrophobie que j'essaie de maîtriser. Et puis le passage du médecin pressé qui me parle un langage que je ne comprends pas, des chiffres, des lettres, des disques, je le coupe, je reprends depuis le début. Je paie les nuits sans sommeil, ça l'énerve. Il dit que tout va bien, ça je l'entends enfin.

Sur le chemin du retour, tout est plus léger, le délai de soixante-seize minutes d'attente à l'arrêt de bus, les platitudes échangées avec une octogénaire. Tout est plus léger, je suis revenue dans le camp de la désinvolture, dans le camp de ceux qui peuvent courir dans la rue, de ceux qui peuvent arracher un enfant du sol en le chatouillant sans s'inquiéter de leur dos. Je ne suis pas de ceux qui demandent une trêve. Oui vous pouvez faire du sport, vous ne pouvez pas vous faire mal, avait conclu le radiologue. Invincible, normal.

Un samedi plus tôt que le mal de dos défigurait, je m'étais résolue à m'asseoir sur le canapé, un bon livre au lieu d'une tarte aux pommes de plus, tant pis. Ce qui m'avait d'abord frappée, c'était le calme, ce vide épais, des volutes sourdes qui me tournaient autour. Le salon était envahi d'un son mat. J'avais été surprise, comme une étrangère chez moi, je ne connaissais pas notre salon du point de vue du canapé. Ma fille, tu t'es levée de la sieste, tu es entrée dans le salon, tu m'as regardée distraitement, tu as frôlé le pied du canapé, puis tu t'es arrêtée, tu as reculé d'un air stupéfait. Maman, tu es très malade ? Juste un peu mal au dos. Ah. Tu es partie étonnée. Un ou deux enfants plus tard, j'ai rechuté, j'ai voulu me racheter, me relever, retrouver le cours des choses, comme une malédiction, comme un langage domestique implacable. Faire un gâteau, une purée, quelque chose qui témoignerait de mon utilité. Mais pas cette fois. Résistance. J'ai continué à lire des passages de mon livre entre les salves de vos questions. Quelle heure il est, on fait quoi, il est où papa. J'ai continué. Elle est réveillée, la bébée. Quand est-ce qu'on retourne au musée Picasso ? Tu m'as inscrite au stage de danse pour cet été ? J'ai continué. Les questions se sont espacées. Vous avez vu que je ne vous filerais pas encore entre les doigts. Vous êtes restés, vous avez trouvé votre rythme. Et puis j'ai posé mon livre. J'attendais, je vous regardais. Je pensais que mon immobilité vous rendrait hystériques. Mais l'hystérique, c'était moi. Tout le monde le savait. Le lion en cage, c'était moi. Vous, vous avez trouvé votre place autour de moi sur le canapé informe ou sur le tapis, avec un livre, un verre d'eau ou des feutres. Et vous êtes restés avec moi, vous n'avez même pas pensé à demander un film. Vous m'avez tenu chaud. Vous m'avez fait comprendre que la pression de cette maison venait de moi, j'avais le grand pouvoir de vous apaiser ou de vous mettre sens dessus dessous. C'était injuste. Un pouvoir trop grand pour moi. J'étais ce modèle de femme active, qui prend sa vie à bras-le-corps, qui décide pour elle-même, qui ne renonce pas devant l'effort, prête à faire sa part, une femme qui veut se donner les moyens. J'étais ce modèle malgré moi, quoi que je dise. Mais ce modèle, c'était aussi celui d'une femme sans répit, une femme sans éclat de rire, sans spontanéité, sans marge de manœuvre. Un hamster qui subit le mouvement de la roue. L'enthousiasme et le mouvement ne vous épargnaient pas le spectacle de l'épuisement, de la frustration, de l'insatisfaction, du combat contre le temps. C'était perdu d'avance. L'invincibilité ne dupait plus que moi. Dans ce corps de quarante ans après trois grossesses, avec cette peau qu'il suffisait de ne pas regarder, avec ce dos qui tirait même si un radiologue allait le disculper. Peut-être me trouviez-vous déjà ridicule, perdue, toute petite au fond de cette grande image de superwoman. Incapable de rêver sans me dévaloriser, incapable de me libérer de la camisole des régimes, du sport, des calories qu'on compte, incapable de lâcher les discours sur la nutrition et sur la réussite. Une femme qui s'est perdue, une féministe de pacotille. Reviens, maman. Vite.

Ce samedi-là, vous m'avez dit, à votre insu ou plutôt à votre manière, que vous m'aimiez, même si je ne vous faisais pas des crêpes pour le goûter, même si je ne rejouais pas les douze travaux d'Hercule tous les week-ends. Je l'ai sentie de tout mon corps, votre présence primaire, primale, première. Même mon dos ne faisait pas le poids. Ce lien entre nous n'avait pas changé, toujours aussi touffu, toujours aussi profond, toujours aussi envahissant. Sur le canapé, vous

ne m'entouriez pas comme une malade mais comme une tribu qui se répare et qui se rassure.
Ce samedi-là, vous étiez autour de moi, apaisés, sans tension, peut-être que vous ne saviez pas ce qui se jouait en moi. Si, vous saviez. Parce que vous avez délicatement déchiré l'illusion de l'invincibilité et vous avez repris vos jeux, vous avez repris vos t'avais dit, j'ai hâte d'être en vacances, le parc il ferme à quelle heure, elle sera comment notre maison de vacances. Ça vous a pris une heure, rien, un sourire. Vous ne savez pas tout ce que je vous dois.

La cloche du village sonnait dix coups. On avait envie de souffler, avec votre père. On avait envie de profiter de cette incroyable chambre avec six grandes fenêtres au bois un peu rude. Douze volets à ouvrir chaque matin, les écailles de peinture, le risque de se faire pincer les doigts, et derrière, un ciel à bras ouverts. Mais c'était la fin de la journée, on en voyait le bout et les étoiles. On venait de vous coucher dans vos chambres de vacances. Toi, ma bébée, tu avais sombré. Vous, les grands, vous étiez en train de définir de nouvelles lignes de crête entre vous, de nouvelles tranchées, entre rires étouffés et invectives sans grande originalité. On avait fermé la porte. On avait déclaré le repos des braves.

On s'est laissés tomber sur des sièges de cordons de plastique tendus. On avait emporté une tisane, toujours habillés, toujours en chaussures, tout cela n'avait pas d'importance. Soudain, un petit claquement, tout petit, on n'était pas sûrs. Puis un deuxième, lointain. On a tendu l'oreille, on a suspendu nos gestes, on a reposé les livres sur la commode. Plusieurs craquements à la suite. On a regardé partout. Puis votre père a compris, il a rouvert les volets qu'on avait fermés. Nous avons tiré nos sièges, puis un troisième pour allonger nos jambes. Le point de vue était parfait, l'encadrement de bois vieilli de la fenêtre, taquiné par les vents marins, en bas du cadre le bout des branches les plus hautes de l'arbre de la rue. Et le feu d'artifice sur fond de nuit. Fenêtre ouverte, on avait presque froid. Le son était de plus en plus puissant. On a eu peur que ça vous réveille. Comme si on avait pu faire arrêter tout ça. Comme si on avait pu dire stop, chut ils dorment, vous ne vous rendez pas compte. Vieux traumatismes de parents. On hésitait, on voulait garder ça pour nous. On attendait encore avant de bouger. Et puis on a eu envie de vous réveiller pour vous le montrer.

Alors on a couru comme des dératés dans l'immense couloir glissant. La bébée qui dormait trop bien, et tout au bout, votre chambre. Votre chambre à l'opposé de la nôtre, votre chambre bleue, au papier peint de toile de Jouy. J'ai ouvert la porte et vous ne dormiez pas, bien sûr. Vous étiez pelotonnés l'un contre l'autre sous une même couette, le nez au vent de votre fenêtre ouverte. Vite, vite, venez. Avec la couette, pieds nus, vos doudous qui se balançaient et s'écrasaient contre les murs. Je vous ai tirés par les mains pour ne rien rater. Nous nous sommes assis, vous vous êtes installés sur nous. Et ça a duré peut-être cinq ou dix minutes. Vous étiez chauds, ébahis, nous aussi. Nous étions nous. Sans impatience, sans agacement, sans grondements, sans envie d'autre chose. Nous étions nous, enfin. Un amas de chair, des câlins, des baisers, de la joie. Et cette phrase de Paul Claudel : même pour le simple envol d'un papillon, tout le ciel est nécessaire.

Lettre XIV

La promesse du week-end, c'est pour les débutants. Et pourtant, je me surprends encore à y croire. J'imagine encore que le week-end j'aurai le temps de vous aimer toute la journée. Je crois qu'on va se raconter notre semaine, qu'on va jouer à des jeux de société jusqu'à l'heure de se transformer en citrouille. On va aller au musée, au cinéma, on va rire, on va faire redescendre la pression. Une maison bien rangée, avec des enfants souriants, une journée lumineuse. Victime collatérale des publicités de Ricoré, de Nutella et des saucisses Herta. Vingt ans de propagande.

Année après année, le week-end a pris un tour salement stakhanoviste. La cuisine, le rangement, les courses, toujours. Les on fait quoi cet après-midi. On mange quoi ce soir. Encore du saumon ! Les t'avais dit, mais t'avais promis. Les Tupperware qui s'empilent, les jambes qui faiblissent, les trapèzes qui ne se dénoueront plus jamais.

Parfois, je ressens encore une petite joie du vendredi soir, une petite joie qui résiste à toute rationalité.

La légèreté des dernières heures avant le week-end, un bureau qui se vide, la nuit qui est là. Le métro creux du vendredi soir, le métro rêveur, plein de soulagement. Une solitude joyeuse et fertile, une solitude volée. Et puis votre joie palpable quand je rentre, le rituel du programme du week-end. Qui vient dîner. Est-ce qu'ils ont des enfants. Quelle baby-sitter. Vous vous poussez du coude avec complicité, vous répétez des blagues à mi-voix, vous éclatez de rire. Vous êtes beaux. Vous vous murmurez l'un à l'autre en me regardant comme des coupables, avec elle, on pourra se coucher tard. Chuuuut. Moi qui fais semblant de ne pas vous entendre. Je ferais tout, à ce moment-là, pour faire durer votre joie. Elle est fragile, furtive comme une odeur de pluie. Je veux retenir la magie. Le vendredi soir, je voudrais mettre les choses au clair avec le temps, je voudrais le prendre entre quatre yeux, qu'il me laisse tranquille, qu'il aille mordre ailleurs.
On commence par débroussailler les devoirs, toujours. Il y a toi, ma bébée qui trébuches et le regard noir de ton aînée qui s'abat sur toi. Mon fils, tu récites l'ensemble des Pokémon et de leurs pouvoirs. Impossible de t'arrêter. Très vite après, c'est le choix du film du vendredi soir. Les mêmes débats à couteaux tirés. *Sissi*, plus jamais, c'est un truc de fille. Je ne relève pas. Louis de Funès, c'est non, j'en ai marre. Tu ne peux pas dire non à tout, t'as qu'à rester dans ta chambre si c'est ça. Le week-end, c'est pour les débutants. Après trois enfants, on sait.

Le week-end, c'était mieux avant. Finalement, ce sera *Fantômas*. Toi, ma bébée qui demandes en boucle, à chaque scène, c'est lui Fantômas ? Les grands, hypnotisés, qui ne te répondent jamais.
La joie s'évanouit après quelques heures. Ce n'est pas votre faute. C'est la faute au week-end, à l'idée du week-end. Il n'y a rien à faire, je ne peux pas lutter. Les heures passent et je deviens une version toujours plus totalitaire de moi-même. La satisfaction de la tâche accomplie. Le sport, quoi qu'il arrive. Une nourriture calculée. L'énergie qui circule. Les chambres rangées. Les poches de saleté, de linge, de nourriture. Tout doit respirer. Les piles de papiers, le planning des dîners à venir. Les miettes sur le canapé, les fleurs à jeter, le hachis parmentier à congeler, le linge à étendre. Je suis une boule de flipper. Vous êtes là mais je suis projetée dans tous les recoins de l'appartement. J'essaie de vous éviter, je bute sur vous, je vous range. Parfois je parviens à retenir les jamais, les comme d'habitude.
Samedi midi, tout le monde est encore en pyjama, la guerre de tranchées entre la petite et les grands s'est déjà inscrite dans la géographie de la maison. Le ton monte, les portes claquent, les mains se coincent, les pieds sont écrasés. Est-ce que je peux inviter une copine cet après-midi. Pourquoi non. Est-ce que je peux inviter mon meilleur ami à dormir ce soir. Pourquoi non. C'est nul, on ne fait jamais rien. La tension monte irrémédiablement, pourtant je m'étais promis d'être patiente. Ça paraît toujours

facile, en semaine, de rêver du week-end. Le week-end, je deviens une version légèrement maître-chanteuse de moi-même. Je pose les conditions, tu pourras regarder la télé si tu ranges ta chambre, tu manges de la pizza si tu finis tes concombres. Je vous apprends les liens de cause à effet.
Le dimanche matin, tout est plus terne. Il fait toujours plus froid ou toujours plus sombre, le dimanche. L'illusion de la joie du week-end est portée disparue, même elle, elle n'y croit plus. Il y a les séquelles du dîner de la veille, les verres à pied qui sortent encore sales de la machine, la nappe en boule. Une certaine tristesse. Avec votre père, on se croise, on se frôle, on se parle peu, le moins possible. On sera interrompus, nos phrases coupées à la hache, on le sait. Vos questions marteaux-piqueurs. On préfère en rester aux mains posées dans le dos, la chaleur qui passe, la chaleur muette, les caresses de soutien, le toucher qui en dit plus long. On a eu une décennie pour apprendre ça de nous. On sait. On sait qu'il ne faut rien exiger de nous à ce moment-là, que ça ne dit rien de nous, que tout est possible, mais que maintenant, là, dimanche midi, ça ne sortirait pas bien, ça ne serait pas assez joli, pas assez élégant. Trop de fatigue, trop d'irritation, vous êtes trop d'enfants à faire tomber vos couverts, à renverser votre verre. À répéter les mêmes questions, encore et encore.
Vous, vous êtes frustrés. Vous auriez voulu des burgers et un tour de bateau-mouche, vous auriez voulu

Disneyland et un pique-nique avec vos copains. Vous voudriez le magicien d'Oz et le royaume d'Arendelle. J'ai l'impression de vous décevoir. J'ai l'impression de tuer la magie. De serrer votre enfance entre mes mains jusqu'à ce qu'elle étouffe. Elle suffoque, je le sais, et pourtant je continue de serrer. Ce serait possible, peut-être, d'être fantasque, d'être légère, d'improviser un jeu pour ranger vos chambres en chantant, un concours de cuisine pour faire reculer le stakhanovisme sous vos rires. Ça a l'air facile, quand on écoute les autres, pourtant.

Le dimanche, à l'heure de votre sieste, je travaille un peu, j'écris quelques feuillets dans la maison endormie, comme à petits pas silencieux dans l'appartement. Notre appartement fait comme si de rien n'était. J'ai peur que même ma pensée ne fasse du bruit. J'apaise peu à peu le monstre domestique qui s'agite encore, qui ordonne, qui aboie, qui écume. Il est trop tard, le week-end s'éteint. J'essaie de faire la paix avec le temps. J'essaie de respirer le silence. Mais j'ai le cœur qui se fissure. Un week-end de plus. Un week-end de moins dans votre enfance.

Soudain, une porte claque, le bruit vient de ta chambre, ma bébée. Une boucle rousse se dessine dans l'angle de la cuisine, une petite tête qui vient du creux du matelas, des joues en feu. Ma bébée toute chaude qui se blottit contre moi. Irrésistible. Bientôt, tu te réveilles tout à fait, tu réclames un goûter, d'aller au parc, de jouer aux petits chevaux, tes aînés suivent le mouvement. J'avais dit qu'on ferait un jeu de société. Non pas le Monopoly. Le Mille Bornes ? Tu veux jamais rien... Tant pis, on joue sans toi. Le dimanche après-midi, je vous regarde, je sais que c'est fini, qu'on va reprendre comme d'habitude. De votre enfance, est-ce que vous garderez autre chose que mon air excédé, mes reproches, mon impatience. Je n'avais jamais le temps. Toujours des choses à faire. Jamais envie de rigoler. Une exaspération à couper au couteau. Je voulais toujours être un peu tranquille. Comme si vous étiez de trop. Comme si je n'avais pas désiré chacun d'entre vous. Encore un week-end de nous en moins. Ces week-ends, personne ne nous les rendra, je le sais bien. Les week-ends ont un goût d'impuissance. Votre tendresse, votre présence cristalline, votre préférence pour l'hilarité. Fracassées sur un mur de nervosité, quoi qu'on dise, quoi qu'on fasse. Criminelle, récidiviste. Ces souvenirs d'enfance que je sape, que je tue dans l'œuf. C'est une autre histoire de *La Métamorphose*. Chaque week-end, une mère qui se réveille en lionne irascible. Vous n'y pouvez rien. Je ne peux que compter mes défaites.

Il me reste encore douze minutes. L'air est un peu lourd, saturé de poussière et de sueur. Les plastiques transpirent partout. Le papier peint se décolle. Les gens se sourient timidement, ils se regardent peu, ils sont en plein effort. La femme de ménage déambule d'un air de fin de service. Elle évalue les recoins de la salle de sport. Elle scrute les visages avec la démarche lente et puissante des félines. Tous les matins, c'est une figure anonyme et familière de l'aube. Il me reste onze minutes de course. Il n'y a plus grand-chose à voir, ou plutôt plus grand-chose à regarder. Pourtant, il va falloir écluser encore dix minutes. Vitesse 12, pendant cinquante minutes. 480 kilocalories.

Il me reste neuf minutes et l'épisode de ma série s'est terminé. Je continue sur mon vélo elliptique. C'est long, neuf minutes. Alors je reprends la tablette en quête d'un stimulus numérique. Tout pour échapper à la fin de l'interview de Jean-Jacques Bourdin. Il y a des matins Jean-Jacques Bourdin.

Mais pas ce matin. On ne sait pas à quoi ça tient. Cette tablette, ce n'est pas la mienne. La mienne n'avait plus de batterie ce matin. Alors pour pouvoir regarder mes séries, c'est la tienne que j'ai attrapée, ma fille, sans te demander l'autorisation. Elle était là, tu étais déjà à l'école. Alors pour tuer le temps, je me suis mise à naviguer dessus.

Grâce au Wi-Fi, vous pouvez vous envoyer des messages. Avant que mon cerveau n'ait eu le temps de se poser des questions éthiques, j'ouvre la messagerie. Ce n'est pas une curiosité maternelle vicieuse qui m'y a poussée. C'est pire. C'est un réflexe pavlovien, c'est la puissance d'attraction démentielle de cette icône verte avec une bulle blanche. Votre tablette, la mienne, peu importe. Mon cerveau comme une croquette dans la grande gueule des géants du numérique. Peu importe, je suis programmée pour cliquer.

Me voici malgré moi au cœur de vos échanges. Je ne vois que la succession de tes messages, ma fille, tous destinés à ton frère.

Tu es un con et une merde. Tu entends ?
Un con et une merde.
T'es qu'un gros con et une grosse merde.
??...
Quand on te le demandera, n'aie pas d'hésitation, dis-le que t'es un gros con et une grosse merde.

Je ne reproduis pas la totalité de la variation de tes messages, moins par discrétion que pour limiter les répétitions inutiles. On comprend bien l'idée.

J'avoue être restée bouche bée quelques instants. Je ne m'y attendais pas. C'était énorme. J'ai eu envie d'appeler votre père pour lui raconter.

Surtout, ce qui m'a frappée tout de suite, c'est qu'il n'y avait pas la moindre faute d'orthographe. Ça, je ne m'y attendais vraiment pas.

Lettre XV

Je suis assise à la grande table de la cuisine avec votre père, en quinconce, avec nos ordinateurs ouverts. Nous sommes dans le dernier kilomètre des vacances de Noël, juste après le Nouvel An. Vous êtes encore chez vos grands-parents, nous sommes encore imbibés de foie gras. Tout va au mieux. Et puis soudain, je vois s'afficher un mail de ma toute première patronne. Une consultante qui avait alors l'âge que j'ai aujourd'hui, et un enfant de plus. Une vraie Versaillaise, empesée comme une mère de famille et soudain malicieuse comme une petite fille…
J'aimais l'entendre me dire en riant qu'avec autant d'enfants, la seule manière de les supporter, c'était de travailler. Vous savez, Marie, un mariage de vingt ans comme le mien, toutes ces années aux côtés de quelqu'un, c'est absolument irremplaçable. Mais tout de même, ce serait tellement plus facile de vivre avec une femme !
Cette façon qu'elle avait de commencer à lire une de mes notes, de s'arrêter, de lever le nez vers moi :

vous êtes contente de ce que vous avez fait ? Je souriais du même sourire. Elle reprenait. Au cours des rendez-vous houleux, ses réponses décalées pour faire dégonfler un accès de colère, ses réflexes précis comme du fil à plomb issus de quinze ans de carrière dans l'industrie, cette manière de ne jamais souligner ce que j'avais alors d'immature, d'incertain, de bêtement provocateur. Grâce à elle, ça a été facile. Avec elle, c'était simple.

Alors ce 2 ou 3 janvier, quand je vois son mail arriver, je l'ouvre. Et là, sans prévenir, après de courts vœux d'usage : « J'espère que vous avez le temps de voir grandir vos enfants. » Le coup bas. De la part de celle dont je m'y attendais le moins. Mon esprit s'emballe : que veut-elle dire, avec quatre enfants et des déplacements au Japon, dit-elle que je les vois encore moins qu'elle, aussi peu qu'elle ? Et puis mon esprit bifurque inexplicablement. Grandir, grandir… C'est vrai que les filles sont petites par rapport aux courbes, je n'ai pas fait le suivi que je devais faire avec la pédiatre. Où est cette carte de l'endocrinologue pour enfant ? En même temps, leur faire des prises de sang… Est-ce bien nécessaire ? Mais bon ce n'est pas quand elles plafonneront à un mètre cinquante qu'il faudra culpabiliser, c'est maintenant. Overdose de culpabilité.

Je reviens au mail, je le relis pour essayer de débusquer un mot comme une balle perdue, une incompréhension possible. Mais même en seconde lecture, ce n'est rien d'autre qu'une mise en garde. Attention,

Marie, le temps passe vite, on se réveille et ils chaussent du 44. Sous les capuches de hoodies, on ne sait plus différencier son fils de ses copains. Le coup bas. Elle ne sait pas le mal qu'elle me fait.
Comme toujours, elle ne parle sûrement que d'elle. A-t-elle des regrets, vais-je avoir des regrets, moi qui me pose ces questions souvent en vous regardant. Moi qui pense choisir en conscience toute cette vie en dehors de vous. Moi qui me raconte que c'est sain pour vous. Que c'est mieux d'avoir une mère épanouie, que ça vous donnera de l'espace pour trouver votre propre chemin. Qu'est-ce que j'y connais. Il faudrait pouvoir tester et revenir en arrière. Il faudrait moins réfléchir. Trop tard.
Un jour, j'ai croisé une ancienne ministre, nous avons parlé de l'équilibre entre vie privée et vie politique. Elle m'a répondu que bien sûr, elle était là quand ses enfants avaient besoin d'elle. Elle n'a pas assisté à tous les spectacles et toutes les chorales, évidemment. Dans la vie, il faut s'y résoudre, rien n'est pur, rien n'est parfait. Ça lui allait comme ça. Et puis en off, dans l'ascenseur, je lui dis que ses mots résonnent pour moi, dans ma vie avec vous. Je lui dis que mes sensations ne sont ni parfaites ni pures. Mais que je regarde ce choix en face. Je ne pourrai pas me dire que je ne savais pas, que je n'avais pas vu, qu'on ne m'avait pas dit. Alors si j'ai des regrets plus tard, peut-être que je pourrai me pardonner, j'aurai fait comme j'ai pu. Elle me regarde d'un air concentré, elle comprend, elle hoche la tête. Elle dit

qu'elle a fait des choix, elle aussi, qu'elle n'a pas voulu renoncer, qu'elle ne voyait pas pourquoi elle aurait renoncé. Elle s'arrête, elle dit : mais être plus avec les enfants, ça m'a manqué. Silence. Elle voit que je ne comprends plus, qu'elle m'a perdue, que je ne m'attendais pas à ça. Elle reprend, non ce n'est pas ce qu'elle voulait dire. Elle voulait dire qu'elle regrettait aujourd'hui que ça ne lui ait pas manqué alors, ce temps avec les enfants. Les remises de médaille, les expositions de dessins, ça aurait dû lui manquer. Mais à elle non, la plupart du temps, c'était bien comme ça. À la réflexion, elle aurait peut-être voulu plus de cette tension vers une maternité insatiable. Elle me regarde sans esquiver. Elle me sonde pour savoir si j'ai compris, si je suis restée avec elle ou si je lui ai lâché la main. Un grand silence, absolu, subtil, vulnérable. Un bijou de silence.

Alors ce mail de ma première cheffe qui tombe comme on faiblit, comme on vieillit, ce mail me parle d'elle, d'un moment où elle était lasse, trop de fatigue, trop de poids, trop de tout. Ou alors elle l'a écrit sans réfléchir, de cette écriture automatique codée à la culpabilité féminine. Elle n'avait peut-être pas réalisé. Elle écarquillerait les yeux si on le lui disait. Elle était loin de vouloir dire tout cela. Mais pour moi, rien à faire, c'est une pure trahison, un rappel à l'ordre, un rictus amer, un tour de force de culpabilisation. Je lève la tête, sonnée, je lis le message à votre père. Mais qu'est-ce que ça veut dire, avoir le temps de voir ses enfants grandir ? Alors oui, je vous vois grandir, je vous vois renverser votre verre à table et manger avec les doigts, quelque part entre votre assiette et le parquet. Je vous vois jusque tard le soir trouver n'importe quelle excuse pour ne pas vous coucher. Je vois la traînée de mouchoirs usagés dénoncer le coupable jusqu'à sa chambre, je vois les jeans troués au genou, je vois les caprices à table, je vois votre incommensurable talent d'acteur face à une assiette de légumes. Je vois les cheveux qui poussent et les poux qui se régalent. Je vois les paniers de linge sale qui ne désemplissent jamais, les chasses d'eau rarement tirées. J'entends des musiques de plus en plus douteuses sortir de votre chambre et des mots vulgaires de votre bouche charnue. Je vois ta petite tête bouclée, ma bébée, se glisser à côté de moi, contre le lit, à toute heure de la nuit. Alors oui, pour répondre, je les vois grandir, je les vois hurler, je les vois s'entre-tuer. Je n'ai pas de bonnes résolutions à prendre. Je suis aux premières loges, merci, et si je rate un acte, je m'en remettrai, je connais l'histoire et parfois, elle peut s'écrire sans moi.

Ce mail restera toujours un aiguillon planté dans mon cerveau, avec cette injonction à profiter. Je suis tatouée de culpabilité. Partout sur mon corps, dans mon cerveau, dans l'estime de moi-même. Cette propagande me dégoûte. Cette propagande m'obsède. Elle me lessive avec ses soupçons et son ton accusateur. Elle me pique, elle me fait chanceler.

Mais elle m'unit à toutes ces autres. Elle me force à grandir, à sortir de moi-même, à tendre la main vers toutes celles que l'on a biberonnées à la culpabilité. Celles qui courent en rentrant pour ne pas rater un nouveau centimètre de leur enfant. Celles qui ont les larmes aux yeux quand elles ont manqué les premiers pas. Celles qui quittent la crèche le cœur serré par les cris de leur enfant, qui résonnent longtemps dans leurs oreilles. Vous avez la santé mentale des femmes sur la conscience, vous qui voulez qu'on profite de nos enfants. Mais grâce à vous, j'ai des sœurs. Beaucoup, partout. Nos enfants vont grandir. On va se retrouver. On va se parler et se souvenir. On égrènera vos noms. On chantera peut-être, on se tiendra par la main sans doute. Et on se mettra ensemble en chemin. On sait où vous trouver.

Cette sonnerie qui dit la fin, qui dit le début. Cette sonnerie qui sonne comme une injustice et une fatalité. Tous les jours, je veux la changer, pour qu'elle arrête d'agacer mon cerveau avec les mêmes notes. Tous les matins, je me dis que j'en avais encore sous l'oreiller. À quoi ça sert d'être devenus des adultes si on ne peut pas décider de se lever ou pas. Si on ne peut pas se libérer, s'évader, s'affranchir. Toujours il y a cette sonnerie qui remporte la partie. Quelques minutes pour se dire qu'il est temps, qu'il le faut, que tout le reste attend déjà.

On roule, on se redresse en poussant sur les bras, comme on nous l'a appris pour protéger notre dos, comme on nous a dit qu'il fallait faire quand on vieillit. Le brouillard qui résiste, la bouche pâteuse, le corps lourd, maladroit, le corps encore bridé de l'aube.

Ce matin-là, je tends la main vers cette petite boîte ronde pleine de cachets pour la thyroïde. Un réflexe depuis deux ans. Je la soulève. Quelque chose cloche.

Mais il n'y a pas encore de décodage possible dans mon cerveau. Je l'ouvre. La boîte est vide. Elle ne peut pas être vide. Elle ne peut pas l'être. Si elle avait été vide, je l'aurais remplacée. Sans y penser même, je l'aurais remplacée. Une minute, un temps indéfini, une fraction de seconde et je comprends. Je me lève, je cours comme un animal traqué jusqu'à ta chambre, ma bébée. Je ne vois rien, rien d'inhabituel, non. Toi, pâle, qui sembles dormir, qui pourrais dormir ou être morte de cette intoxication médicamenteuse. Je n'ai pas le cran, je n'ai pas le courage de te toucher, d'essayer de te réveiller, de m'assurer que tu respires toujours. Je ne peux pas. Je préfère encore quelques minutes de doute. Je préfère la lâcheté. Surtout pas ta petite tête sans vie entre mes mains. Surtout pas ta petite main froide et raidie. Ça non. Ça jamais.

Alors je reviens dans la chambre. Lâche. Je réveille ton père, ses yeux mi-clos, je lui dis que tu as avalé les médicaments de ma boîte. Il fait littéralement un bond à quarante centimètres au-dessus du matelas. Je ne peux qu'imaginer la décharge d'électricité dans tout son corps.

Lui, il va voir. Moi je suis lâche. Bien sûr tu te réveilles. Le même brouillard que moi. Les joues roses en plus. On essaie de voiler la panique dans nos voix. Derrière, l'angoisse gronde.

Est-ce que tu as avalé les médicaments ? Tu dis non. Tu veux éviter les problèmes. Ton père me demande combien il en restait.

Ce qui gronde

Je ne sais pas, pas beaucoup, pas toute la boîte.
Combien, tu ne sais pas ?
Non, je ne sais pas.

On te promet qu'on veut juste savoir, que tu ne seras pas grondée. Tu nous dis que oui. Mais que c'était tellement dégoûtant que tu as tout craché. Combien, on te demande. Tu es incapable de le dire. Tu ne peux pas savoir.

Tu me prends la main sans dire un mot, tu m'emmènes dans la salle de bains.

Tu ouvres la poubelle, tu soulèves le sac, et là sur le plastique noir du fond, avec ton petit index, tu me montres des fragments de cachets blancs, des morceaux, des poussières, un minuscule puzzle, une petite constellation qui peut-être a sauvé ta vie. Et la nôtre.

Lettre XVI

« Tu vas pouvoir profiter de tes enfants. » Profiter de ses enfants. Ces gens n'ont jamais dîné avec trois enfants en bas âge, ce n'est pas possible autrement. Il ne faut plus seulement éduquer, consoler, rassurer, stimuler, il faut désormais en profiter. Propagande. Alors, nous avons décidé de bien profiter, mon fils, de l'anniversaire de tes neuf ans. Juste avant votre départ en vacances, nous avons commandé un bon stock de souvenirs familiaux. Un dîner à cinq au restaurant. On était bien décidés à en profiter.
Je rentre tôt du travail, mais votre père est déjà là, dans l'appartement. Je gravis lentement les marches de notre cage d'escalier. Je ralentis, malgré les odeurs de peinture, les murs piégés, j'hésite à continuer. Je l'entends vous envoyer chacun dans votre chambre : vous vous calmez et si vous changez d'ambiance, nous irons peut-être au restaurant. Changer d'ambiance, c'est joli. Une sombre histoire de bonnet emporté dans tes valises, mon fils, alors que c'était un cadeau qu'avait reçu ta sœur. Elle l'a vu. Tigresse, possédée,

personne n'a pu arrêter sa bouffée de haine. Je suis derrière la porte, mais je connais la pièce, j'ai déjà assisté à de nombreuses représentations.
Je me décide à rentrer, je retire mon manteau, je m'assieds dans un silence épais et vaguement menaçant. Je sais qu'il ne faut rien dire, rien bouger, rien changer, pour ne pas envenimer la situation, c'est déjà assez difficile comme ça. Ni la douceur, ni l'interventionnisme, ni l'humour, rien ne marche jamais. Je retiens ma respiration. Je ne regarde personne. Je me fais toute petite.
Tout finit par rentrer dans l'ordre, et nous partons. Enfin, vous, vous partez. Votre père et moi, nous traînons derrière. Cette petite mise au point nous a pris une demi-heure de trop, le parvis de la pizzeria, dont tu rêves depuis des semaines, mon fils, n'est déjà plus qu'une longue file d'attente. Vous sautez partout, il est vingt heures, j'ai déjà envie de me mettre en position latérale de sécurité. La pizzeria a une terrasse chauffée, avec des balançoires au lieu des sièges et un bilan carbone digne du vingtième siècle. Ces balançoires, c'est tout ce dont vous avez toujours rêvé. La jeune fille qui organise l'attente vient nous voir, vous êtes combien, cinq ? Dont trois enfants, ajoute votre père. Terrible ! dit la jeune fille. On ne sait toujours pas ce qu'elle voulait dire. Vous demandez si par hasard les balançoires sont libres. La fille, étonnée : ah oui, elles sont libres. Dire que vous êtes descendus trois cents fois de votre balançoire en bousculant vos voisines, en renversant

notre pile de manteaux, en cognant le serveur qui passait derrière, en faisant tomber vos couverts par terre... Le chauffage électrique nous brûle la face, l'eau est chaude dans les verres, de l'autre côté, nous avons le dos gelé. Tout va bien. On n'en peut déjà plus de profiter, c'est presque trop beau. On fait des photos, du coup. Propagande.
Un serveur finit par oser nous approcher. La musique est tellement forte qu'on hurle la moindre conversation. Toi ma fille, tu commandes une bolognaise, tu veux dire une pizza, il entend des pâtes. On essaie en vain de modifier la commande. C'est le drame. Tu pleures de ne pas avoir eu ce que tu voulais. Je te trouve si puérile, si disproportionnée, mais un peu plus tard, quand je vois arriver mes légumes mal cuits, tristes, sans goût, moi aussi j'ai envie de pleurer. Le service prend un temps infini. Mon fils, tu fais la tête parce qu'on te demande d'avance de partager ta pizza avec ta sœur qui a fait une erreur de commande. Pas toute la pizza, juste un bout. Tu t'en fous, tu ne t'es pas trompé dans ta commande, toi. Tu veux ta pizza, c'est ton anniversaire. J'ai envie de rentrer à la maison. Tu nous demandes deux cents fois quand la pizza va arriver. Mais quand ça va venir ? Non mais vraiment ? Les serveurs sont jeunes, ils s'amusent de cette musique que tout mon corps veut expulser hors de moi, ils font des blagues, ils se fraient souplement un chemin entre les tables, ils ont l'air d'aimer ça, ils esquissent un pas de danse, ils flirtent.

Vous trois, vous êtes surexcités, contents, vous souriez, vous vous poussez, vous vous balancez. Votre père a déjà le regard dans le vide, il n'a plus la force de faire des mails. Je suis sonnée. J'ai l'impression qu'il est quatre heures du matin. On attend que ça passe. On essaie de ne pas insulter l'esprit de la fête par nos idées de boulot, par nos inquiétudes, par notre épuisement. Je me demande si je peux aller jusqu'à manger une pizza, l'ultime transgression de la femme de quarante ans, si je ne vais pas me détester tout le reste de la soirée, m'imposer ensuite de me regarder longuement dans la glace. La rétorsion par une haine de soi méthodique. Des années d'entraînement. Je souris de manière crispée, je ne supporte plus le niveau sonore, ni la fumée de cigarette, ni les jeunes qui font la queue, qui hurlent et m'encastrent leur sac à dos dans l'épaule.
À ce moment précis, les pizzas sont sur la table et c'est déjà palpable dans l'air. Je ne peux plus me cacher, je ne peux plus éluder. Les serveurs ne disent rien mais ils le savent, tous les autres autour de nous le savent, même moi maintenant, je le sais. C'est arrivé et on ne peut plus rien faire. J'ai basculé, je suis devenue vieille. C'est fini. Je n'ai rien vu venir. Promis, ce n'était pas prémédité. J'aurais voulu éviter ça, mais c'est trop tard. J'ai basculé et il n'y a pas de retour possible. Je suis désormais totalement insensible à vos muscles et à vos sourires charmeurs, je suis excédée par vos airs « sois cool ! ». L'endroit, la musique, leur vigueur. Le bruit et l'odeur. J'ai

l'âge où je voudrais être ailleurs. J'aurais voulu un filet de bar avec des câpres, des tomates confites et des olives taggiasche. J'aurais voulu un salon dérobé, un serveur qui me décrive un paysage de vignes et de savoir-faire pour me vendre un verre de vin. J'aurais voulu un monde sans pizzas et délivré de ceux qui ont encore le droit d'en manger.

Toi, ma bébée, tu enchaînes les caprices. Tu ne veux ni du gâteau d'anniversaire ni de ta glace, qu'on a attendue une demi-heure de plus. Je vous regarde manger des desserts. J'ai dû arrêter les desserts. Je suis vieille. Tu ne veux pas de ta glace mais tu interdis à quiconque de la goûter. Tu pleures pour tout et rien, tu veux être par terre et sur mes genoux, tu veux rentrer et rester là, tu as froid mais tu ne veux pas mettre ton manteau. Ce que tu es sûre de vouloir, c'est mon téléphone.

Résultat, on vous a sermonnés en moyenne toutes les quatre-vingt-douze secondes. Et en même temps, à chaque fois on a eu honte de bâillonner la fête, de ne pas rire, de ne pas chanter. On a gardé le visage sévère des mauvais jours. On n'a pas su faire mieux. Les nuits aux réveils incessants, les crèves, les listes de choses à faire qui défilent, le besoin de calme, la migraine. On vous a tendu la facture sans le vouloir. Il y a sans doute des parents qui prennent du plaisir à ces soirées, des parents qui ont le BAFA, qui se souviennent de leurs soirées de scouts, des parents qui me font penser à Gérard Jugnot. Il y a peut-être des gens qui revivent leur jeunesse, des parents

qui n'attendaient que ça. Être les parents, ceux qui disent la loi et ceux qui ramassent les couverts, ceux que ça n'irrite pas, ceux qui ne préféreraient pas lire. Ceux qui se disent qu'il faut profiter.
Pour régler l'addition, il faut écarter les balançoires et la tentation de vous apprendre à reconnaître l'odeur de cannabis qui flotte tout autour de nous. On rentre à la maison, avec des envies de monastère. Quelque part entre la place des Vosges et la rue de Turenne, toi, mon fils, tu te tournes vers nous : ce dîner d'anniversaire, c'était le meilleur anniversaire de toute ta vie, c'était vraiment génial de bout en bout. Le meilleur dîner de l'année. Les balançoires, les pizzas, le dîner en famille. On le refait quand on veut, tu seras toujours partant. Ta joie est une torture. Elle est là, vivante, épaisse, offerte. En face, il n'y a que le battement de ma culpabilité. J'entends qu'on a fait le boulot et je me demande si c'est toujours aussi difficile. Si pour moi aussi, quand j'étais enfant, les coulisses du spectacle familial étaient si laborieuses. Si vous garderez le souvenir de notre demi-supplice, de nos regards réprobateurs, de nos soupirs, de nos il faut toujours que tu renverses ton verre. Nos sermons sur le partage, alors qu'on se demande si on a vraiment raison, si ça en vaut la peine, si on n'est pas déjà devenus trop cons. Est-ce que vous sentirez, sur vos souvenirs d'enfance, le poids des pieds qu'on a tant traînés. Est-ce que vous nous croirez quand on vous dira qu'on ne rêvait que de légèreté.

C'est toujours votre père qui donne le top départ, c'est lui qui sait. Il tend distraitement la main vers son portable sans quitter la route des yeux. Dans la voiture, nous, on voudrait en finir. On voudrait arriver, sortir de la voiture, sentir l'odeur du vent, toucher la terre. On voudrait déplier nos jambes, quitter cette position. On voudrait se coucher ou on voudrait courir. Vous avez déjà vomi, c'est fait, souvent. Il y a des miettes partout, des morceaux de peau de banane qui ont glissé entre le siège et la portière, bien calés entre une tétine et un mouchoir usagé. Sans doute, l'odeur est douteuse, mais on s'y est habitués. Vous avez déjà regardé trois films, vous vous êtes arraché la tablette, le paquet de chips et même les yeux, si vous étiez en forme. En Normandie, en Suisse, en Espagne, où que l'on soit, c'est toujours votre père qui lance. Souvent je ne réalise pas, je ne le vois pas faire. Je patiente. Si je le regardais, il aurait son petit air mystérieux des bons jours. On sentirait que quelque chose de bon est sur le point d'arriver. Mais souvent je ne vois rien. Et puis c'est le début de la chanson. Très fort dans l'habitacle, c'est la règle. Alors, on arrête tout. On ne parle plus. On sourit. On sent l'énergie monter. Les premières notes et puis le début de la mélodie qu'on peut chanter. *A Sky Full of Stars*. Tu nous mets « souskaï » ? Tu nous mets la chanson, là… ? Mais votre père ne la met que dans les dernières minutes, quand on est sûrs d'arriver, quand on est sûrs d'être en vie, quand on est ensemble, inséparables, dans ces paysages de France qui nous engloutissent. Parfois, rarement, quand on repart de la plage. Quand la vie a battu dans nos veines au rythme du vent et des vagues. Vous la reconnaissez, toujours, et la joie jaillit. On sait que la famille prend corps précisément à ce moment-là, pour trois minutes, que rien ne pourra nous les voler. Qui peut être heureux pendant trois longues minutes ? Nous on peut. Dans une voiture, même petite, même les genoux remontés au niveau des épaules, même après des heures de voyage.

Et puis soudain, la chanson accélère, elle s'énerve, elle tonne, elle tape. On bouge dans tous les sens, personne ne parle. On vibre, juste. Avec ce rythme qui bat dans nos tempes. Ce rythme qui tient nos mâchoires. Qui inonde la voiture, le pare-brise, la campagne. On est devenus une seule et même boule d'énergie, compacte comme une main, compacte comme un poing. Ensemble, avec Coldplay, on est forts comme le destin.

Lettre XVII

Il y a votre vie et il y a la mienne. Il y a eu votre vie à l'intérieur de la mienne. Il y a vos vies et la mienne. Nos temps se croisent, s'entrelacent, s'interpellent.

Quand tu es née, ma fille, ton père a quitté sa peur de vieillir. En te voyant naître, en te voyant grandir, peut-être qu'il savait que tu serais là pour prendre la relève, que tu serais là tout court, comme un miracle. Qu'il pourrait te regarder faire tes choix, trouver tes mots. Ce temps qui nous persécutait, ce temps qui ne nous lâchait pas, pour une fois, il ne serait pas vraiment perdu, il ne servirait pas à rien. Il deviendrait notre propriété familiale, notre acte de transmission, notre patrimoine commun.

Sur le moment, j'ai beaucoup aimé sa vision des choses. Elle était tendre, jolie, elle m'a rassurée comme un chocolat chaud un jour de chagrin d'enfant. J'ai aimé regarder votre père vous aimer. Sa façon de vous serrer, ses fausses bagarres homériques avec vous, ses regrets quand il rentrait trop tard, ses questions sur vous, son attention, toujours, quand je lui racontais. J'ai aimé le surprendre en train de vous faire des câlins. J'ai aimé l'entendre parler de vous avec fierté et un luxe de détails, même à des personnes qui n'en demandaient pas tant. J'ai adoré le voir éclater d'un rire irrépressible à chaque fois, quand toi ma fille, puis toi ma bébée, à six ans d'intervalle, vous avez proféré votre tout premier « caca boudin ». Vous aviez soudain rattrapé l'âge mental de votre père. Que j'ai aimé ces moments.

Pourtant, cette histoire que votre papa se raconte, elle ne me console pas tout à fait. Elle m'entraîne trop loin. Je veux rester dans cette vie. Je ne veux pas glisser, amputer l'avenir, je ne veux pas vous faire grandir, vous faire aller toujours plus vite. La peur me quitte peu à peu, la peur tombe, celle des autres, celle des regards, celle des échecs. Je ne veux plus que du présent, du présent bien lourd qui cloue mon angoisse au sol. Du présent comme un chemin de terre, quand il n'y a plus rien à retirer, plus rien à ajouter, un chemin de terre et c'est tout, juste le ciel au-dessus. Avant j'aurais eu peur d'aller interviewer cette artiste de renommée mondiale dans son atelier, entourée de ses œuvres. Cette grande porte qui résiste, trois assistants qui me regardent presque goguenards. Même pas peur. Cette vie me rend ivre et je ne crains rien que le temps quand il s'envole, quand il parle pour ne rien dire, quand je ne le comprends plus.

Dans son atelier d'artiste, je m'assieds, mal, dans un fauteuil défoncé. Tout le monde s'agite et elle ne me regarde pas. Elle s'installe de profil dans son fauteuil, elle attend, elle n'a pas besoin de moi. Puis elle se tourne, elle me demande pourquoi je fais « ça », des interviews de femmes. « Ça » n'a pas l'air très catholique. Elle non plus. Elle veut savoir qui je suis et c'est légitime. Mes chaussures sont encore trempées de cette pluie d'hiver, j'ai froid, je suis tordue dans ce fauteuil à roulettes instable. Mais je parle, avec précaution d'abord, sans trop savoir. Un podcast pour la voix des femmes, un podcast pour que mes enfants ne puissent pas dire que je n'ai rien fait de tout ce temps que j'ai passé sans eux. Elle attrape au passage « Vous avez des enfants ?... Mais pourquoi ?... » Si elle savait. Vous êtes nés de ma curiosité, de mon envie, de mon conformisme. Tout ça à la fois. Si elle savait combien cette question je me la suis posée avec plus de violence et d'intransigeance que la provocation qu'elle met dans son regard. Il ne vous a pas suffi d'un seul enfant pour comprendre ? Elle sait déjà qu'elle ne peut pas remporter cette partie-là. Mais elle n'abandonne pas : vous savez quel a été le plus beau jour de ma vie ? Non, je ne sais pas. Le jour de mon avortement ! Elle me fixe durement, elle attend, elle pense qu'elle saura qui elle a face à elle, avec cette bravade-là. Je lui dis que je la comprends. Je lui souris, je la regarde. La maternité n'est pas un destin, elle ne peut pas être notre malédiction. Et ces enfants qui ne sont pas désirés, ces enfants qu'on ne peut pas nourrir, ces enfants qui défigurent les familles, ces enfants qu'on ne sait pas aimer : ça sert à quoi tout ça. La vie d'un fœtus contre la vie d'une mère, les femmes perdent toujours. J'ai tout cela en tête. Je dis je vous comprends. Alors elle ne sait plus quoi dire. Elle sourit. Qu'elle est belle. Elle dit : on peut commencer. Parce que l'interview aurait pu ne jamais commencer. Ce n'était que justice. On peut commencer. Alors les assistants plient bagage, et me laissent une heure de cette femme. Une femme qui n'a pas choisi la peur. Une femme qui n'a rien voulu cacher de sa puissance intellectuelle et physique. Une femme qui ne voulait pas d'enfant. Une femme qui exulte et qui se bat. Une femme.

Sur le chemin du retour, je marche lentement. Il n'a jamais été plus difficile de rentrer à la maison. Je suis entièrement dilatée dans les moments que je viens de passer. Je n'ai plus de limite physique, je me dissous, je me répands, je m'évapore, je deviens la rue, l'air, l'horizon. Je porte les émotions et les questionnements, je porte un nouveau point de vue. Une rencontre. Je sais qu'il me faudra moins de dix secondes, une fois la porte passée, pour retomber. Que ce qui vibre, ce qui tonne dans mon plexus, va reprendre corps, cerné par la réalité. Que cette intensité ne sera même plus un souvenir charnel, elle pourra devenir un récit, si je réussis à la rattraper avant qu'elle ne s'enfuie tout à fait. Le monstre domestique, prévisible, prosaïque, va me rattraper.

Je le sais et j'aimerais ralentir encore. Tous les trois, vous êtes là et je ne regrette rien. Je ne suis pas une artiste de renommée mondiale, je ne regrette rien. Pourtant, je sais que nos temps vont bientôt se croiser. Et je ne sais pas comment m'en réjouir. Aujourd'hui, je suis libre. Toute mon existence, toutes mes théories tendent vers cette liberté-là. J'en ai plein les bras, des brassées de liberté, lourde, dense, forte, intrigante. Je suis l'Atlas du Rockefeller Center, qui porte le monde sur ses épaules. Pas très féminin, pas très réaliste, peut-être. Mais j'ai passé l'âge de tricher.

À chaque fois que je me lève, à chaque fois que je me couche, vous grandissez sans me le dire, en douce. On ne vieillit pas chaque jour, on vieillit de quinze ans tous les quinze ans, je ne me souviens plus où j'ai lu cette phrase. À la faveur d'une odeur, d'un souvenir, d'une émotion, le temps s'arrête et je découvre que toi, ma fille, tu écris des poèmes pendant la nuit. Et qu'ils sont drôlement jolis. Je me rends compte que toi, mon fils, tu es cité comme un modèle de gentillesse par tes camarades, toujours prêt à les aider, toujours le premier debout pour les défendre. Et puis soudain, toi ma bébée, tu demandes à ton père, debout sur le bord de la baignoire pour changer une ampoule, de faire attention à ne pas tomber dans le précipice. Dans le précipice. Que vous êtes beaux. Un jour je reprends mes esprits et je suis dans un cours de yoga avec toi, ma fille, et tu corriges une de mes postures. On ne

peut pas être et avoir été, c'est l'un des mantras de mon père.
À chaque fois que je me lève, à chaque fois que je me couche, nos temps se rapprochent. Nous n'avons plus le même rythme. On ne sait pas quand, mais la collision va arriver, c'est vous qui resterez debout, c'est vous qui continuerez votre chemin. Je vous imagine libres, vous aussi. Je vous imagine pleins de cette énergie créatrice qui ne sera que vous, qui sera complètement vous, cette énergie créatrice qui vous surprendra vous-mêmes. Je suis assise dans un grand théâtre pour vous voir danser. La dernière scène de *Billy Elliot*. Je lis l'article scientifique que vous avez écrit. Je vois l'un d'entre vous penché au creux de la nuit, sur un plan d'architecte. Ou quand le visage de vos enfants me parlera tellement de vous que j'en aurai le souffle coupé. Et c'est si beau de vous imaginer libres, heureux et puissants. Puissants comme ceux qui ne renoncent pas et qui se relèvent. Puissants comme ceux qui décident d'aimer et qui, toujours, récidivent.
Mais je le sens, je le sais. Vous êtes déjà à l'aube de votre propre puissance, et elle annonce le crépuscule de la mienne. Ce serait un balancier cruel si je ne vous aimais pas tant. Je rêverais de pouvoir vous attendre, que l'on puisse se tenir la main pour avancer ensemble. De toutes mes forces, j'essaie de lutter contre le courant du temps. Le sport, l'alimentation, les soins du visage. Tout ce temps, je ne le

ralentis pas pour rester désirable, je le ralentis pour vous attendre, pour être encore sur la piste quand vous prendrez le départ. Je ne suis pas d'accord pour devenir une femme de soixante-dix ans, fragile, délicate, vacillante. Une partie de moi n'accepte pas la marche du monde. Une partie de moi voudrait vous retenir dans l'enfance. Parce que personne n'est exclu de ce monde-là, ni vous ni moi. Mais ça ne marche pas comme ça, le monde. Ma chute est annoncée. La pente est juste là, à quelques pas, derrière le sommet, je la vois déjà. Il me suffit de tendre la nuque un peu plus haut, de regarder juste un peu plus loin. J'ai encore envie d'y échapper, au corps qui se grippe, à l'esprit qui trébuche, à la voix qui fait fausse route. J'ai encore envie de croire que ça ne m'arrivera pas, à moi.

C'est moi, l'enfant.

Pour l'instant, nous vivons dans la même maison, dans le même présent, mais depuis le début, le temps a décidé de nous séparer. On ne négocie pas avec le temps. Il me faudra apprendre à vous laisser la place. Passer d'actrice à spectatrice. Je ne suis pas d'accord. Inacceptable. Toute l'humanité, tous les parents devraient descendre dans la rue pour protester contre cette histoire de vieillesse, l'épée de Damoclès du cancer, la décrépitude, l'Ehpad. Mais tout le monde a l'air d'approuver, tout le monde a l'air d'accord. La *saudade*, ce mot portugais impossible à traduire, c'est le sentiment de rage éprouvé au son

des mots trop tard prononcés trop calmement, écrit John Berger. Même votre père se rêve en vieillard joyeux.
Bientôt vous n'aurez plus peur du changement, vous aurez votre propre préférence, votre propre dessin. Vous lâcherez ma main pour suivre l'horizon. Demain, vous marcherez seuls, devant. Je serai toujours là. Parce que c'est vous, ce sera triste et infiniment doux à la fois. Parce que c'est vous, ce ne sera que justice.
À moi de vous laisser partir devant, votre démarche sera plus sûre que la mienne. Je dois apprendre cela seule, vieillir. Passer la main. On doit apprendre ça seule. Il me faudra bientôt faire un pas de côté pour vous laisser la place. Un signe de la main, forcer l'élégance, ne m'attendez pas, je suis là, je vais un peu moins vite, ne vous inquiétez pas, je reprends mon souffle. Je le reprends et je le perds. Mais je ne vous avoue rien. J'essaye de garder le sourire. Je cherche un nouveau souffle qui ne viendra plus. Trop tard. Nos temporalités se toisent. Nous n'avons pas le droit de vivre au même moment, de la même joie, de la même grâce, nous ne pourrons pas vivre longtemps des mêmes ciels et de la même mer. Nous sommes nés à différents moments de l'histoire et chacun doit poursuivre sa course. Je veux vous garder. La sensation de vous. Je veux taper du pied, crier, refuser. Je veux encore croiser vos poupées bordées et abandonnées au

détour d'un couloir. Je ne suis pas d'accord avec ce temps qui m'abandonne. Je ne suis pas assez vieille, peut-être. Pas assez sage, sans doute. Pas assez femme, c'est sûr.

En fait, je crois que je ne m'y attendais pas. C'est absurde, parce qu'on ne parlait que de ça depuis quelques jours. C'était devenu une plaisanterie compulsive. À chaque réunion, à chaque déjeuner. Je crois que je ne réalisais pas. J'avais une vague sensation de crainte, mais ça restait une boutade, un bon mot. Pour enrayer l'épidémie de Covid-19, tu vas voir que le président va annoncer la fermeture des écoles. Tout le monde les yeux écarquillés, le stress sur tous les visages, même ceux dont les enfants sont peu nombreux ou assez âgés pour qu'on puisse les laisser seuls à la maison. T'imagines.

Et il l'a dit. Merci aux personnels soignants. Formidables personnels soignants. Héroïques personnels soignants. Et puis : tous les établissements scolaires vont fermer pour une durée indéterminée.

Mais cette annonce restait floue, suspendue à l'impression de vivre un moment historique. Une maladie inconnue, la vie qui change de visage. Le confinement. Un mot d'un autre siècle. La peur parfois, la discipline d'abord, le confinement comme un acte d'amour, un acte citoyen.

Vous étiez tassés sur le canapé, les pieds des uns qui forçaient les côtes des autres. Mine de rien. Vous écoutiez sans trop comprendre, c'était trop long, trop figé pour vous. Trop de discours, trop de mots. Mais la fermeture des écoles, vous l'avez entendue. Mon fils, tu t'es réjoui, toi qui ne veux jamais aller à l'école. Tu n'as pas tout de suite compris ce qui allait t'arriver. Nous non plus.

Vous avez demandé si on irait à la mer à Pâques finalement.

Ah non.

Vous avez demandé si vous pouviez aller chez vos grands-parents.

Non.

Vous avez demandé si votre grand-mère pourrait venir à la maison.

Non plus.

Vous avez demandé si vous pourriez inviter des amis à la maison.

Mais non.

Votre tête. Enfermés cinq semaines avec nous. Les pires maîtresses du monde. Enfermés avec vos colères, vos incessantes disputes, votre ennui dévorant. Les cartes de Mille Bornes écornées, les parties de petits chevaux jusqu'à la nausée. Tous les établissements scolaires vont fermer pour une durée indéterminée. Au moins cinq semaines sans école, sans grands-parents, sans activités sportives, sans sortie possible, sans femme de ménage. Cinq semaines sans aucune forme de répit. Et le président qui nous suggérait de prendre du recul, de lire. On allait lui envoyer nos enfants, et on verrait qui aurait le temps de relire ses classiques. On se préparait déjà mentalement, comme des sous-mariniers à la veille d'embarquer.

L'angoisse. Pris à la gorge.

Ces semaines de captivité diraient quelque chose de nous. Mais surtout, il ne faudrait le répéter à personne.

Lettre XVIII

Quelques mois sont passés depuis ma dernière lettre. On parle souvent du pari que l'on fait dans le choix d'un conjoint. Et si on parlait du pari que l'on fait sur soi-même ? Qui vous dit, à vingt-huit ans, quand on est sur le parvis d'une mairie, qu'on saura aimer toujours et encore, qu'on saura être fiable, ne pas rater le baiser du soir, ne pas entretenir les blessures, retenir les mots outranciers au fond de sa gorge ? Sait-on même si on sera capable de cette générosité qui se compte en décennies, et pas seulement dans l'élan des premières années, des grossesses, de l'image sociale du couple. Mais aussi dans la dépression, dans la fadeur, dans l'épuisement. Sait-on si on pourra nourrir l'amour dans la peur ou la décrépitude, confier encore ses sentiments, chercher ensemble à mettre des mots. On ne le sait pas.

Je n'avais pas le droit de vous faire ça, et pourtant j'ai quitté votre père. J'ai froissé toutes les pages de votre existence entre mes mains. Vous n'aviez rien demandé. Vous n'étiez pas candidats, aucun d'entre vous. Il n'y avait pas de disputes à la maison, pas de portes qui claquent, pas d'insultes, pas de menaces. Vous n'avez pas compris pourquoi je faisais ça, quitter votre père et démembrer la famille. Pour vous, le monde était dans le bon sens. Pas pour moi. C'était impossible à deviner, je le sais. Durant toutes ces années, j'étais là, pas le moindre grondement à l'horizon. Je souriais, souvent. Vous ne pouviez pas comprendre. Vous n'avez même pas été soulagés.

J'invoque le tonnerre sans relâche depuis le jour où je n'ai plus eu le choix. Quelque chose dans mon sternum s'est mis à cogner sans répit, le corps qui se tend et qui s'arrête, les pensées qui se taisent. Une pluie diluvienne. Quelque chose qui m'a dit de fuir, que j'allais y passer, que j'allais crever. Je n'y ai pas cru tout de suite, j'ai d'abord voulu tout balayer d'un revers de main. J'ai cru à un caprice, à de la fatigue, à de la folie. J'ai cru qu'il suffirait d'allonger la liste des choses à faire, des anniversaires à ne pas oublier, harceler mon cerveau. Mais pas cette fois. Vous, vous n'aviez rien demandé. Pendant ce temps-là, vous étiez attablés à faire vos devoirs, vous étiez allongés sur le parquet de votre chambre les pieds en l'air en train de dessiner, vous étiez en train de dormir à poings fermés. Vous n'aviez rien demandé, je le sais.

Autour de moi, dehors, ils ont été nombreux à exiger des justifications. Le fracas d'une pluie battante.

Tu as bien pesé le pour et le contre. Tu sais que ça ne va pas être facile, tout le monde va beaucoup souffrir si tu fais ça. Tu es bien sûre, vraiment sûre. Parce qu'il faut être bien sûre. Est-ce que tu ne surréagis pas. Est-ce que tu n'es pas un peu excessive quand même. Méfie-toi. Les enfants vont te le faire payer, tu sais. J'étais entourée de prophéties énoncées comme des revanches personnelles. Cernée d'accusations visqueuses. Je leur parlais de mes blessures et ils écartaient la plaie avec leurs doigts. Avant, quand ils me regardaient, ils ne voyaient pas la noirceur, la dureté. Avant, ils ne voyaient que mes sourires vaguement épuisés du samedi soir. Comme tout le monde. Ils ne voulaient pas voir autre chose. Le noir qui tranche, qui pique, qui râpe, vous et votre enfance écorchée. Ça, ils n'avaient pas vu. J'ai appelé l'orage pour laver tout ça à grandes eaux. Avant que je ne quitte votre père, pour eux, il n'y avait pas de questions à poser, surtout pas. Mais depuis, tout était permis. Comment vont les enfants ? Cette question écœurante. Ce souci ostentatoire de vous. Tous ces gens qui se sentaient soudain investis de vous, tous ceux qui avant ne savaient même pas quel âge vous aviez. Désormais, ils avaient tous les droits sur vous, face à moi. Mon caprice, mon inconscience, ma terrible légèreté. Comment vont les enfants dans tout ça ? Il fallait bien que quelqu'un pose la question. Leurs sales pattes sur vous.

J'avais convoqué l'orage et il approchait. Les gris électriques bordaient déjà le ciel. J'avais hâte, il fallait en finir, appeler les nuages, faire crever l'atmosphère. Jamais je n'oublierai ce petit déjeuner où je vous ai rejoints au cœur du mois d'août. Ce matin-là, votre père et moi avions décidé de vous parler de notre séparation. On avait plusieurs jours de vacances avec vous pour répondre à vos questions, on ne voulait surtout pas déléguer l'explication de texte aux grands-parents, à leurs certitudes, à leur génération. Je n'oublierai pas cette grande table de bois. Peu à peu, l'aube rattrapée par le bruit des vacanciers à vélo, les éclats de voix et les rires furtifs. Cette table de bois et le ciel qui va éclater. Le pain, les viennoiseries, les yaourts, les pots collants de confiture. Votre joie, quand on vous a annoncé qu'on avait quelque chose à vous dire. Moi qui attendais ce moment comme on attend que les éclairs lacèrent un ciel oppressant de sueur et de poisse. Vous espériez le programme de la journée, une surprise, l'arrivée de vos amis. Vous n'étiez pas candidats, vous n'aviez rien demandé, je le savais. J'avais une tasse de café dans la main pour me donner un début de contenance, le regard dans le vide, le corps lent et gourd, la culpabilité qui grondait. C'est votre père qui vous l'a dit. Il l'a expliqué avec simplicité, sans aucune accusation, sans aucun sous-entendu. Pas la moindre entaille, pas la moindre entourloupe. Il l'a dit comme on fait son devoir, pour vous protéger, pour vous aimer encore, pour vous aimer encore plus. Il a raconté juste le nécessaire, avec des phrases d'enfants, le reste, ce n'était pas à vous de savoir. Il n'y avait que moi qui entendais son cœur crevé, ses mots qui saignaient, son ventre qui mordait. Sous la table, sous sa peau, la douleur vive.

Ce moment de l'annonce, je ne l'oublierai jamais. C'est toi, mon fils, qui as compris le premier. Toi qui n'es qu'émotion. Toi qui comprends tout. Tu as plié, tu as refermé ton visage, ça ne t'a pas pris une seconde. Tu t'es mis à pleurer. Ces instants passaient sur nous comme une armée de panzers. Ton père qui continuait à faire bonne figure. Mon fils, tu as compris, tu as catalysé le drame sur ta peau de pêche brouillée, dans ton sourire d'enfant qui s'est éteint. Ton regard qui savait qu'on avait tout dit. Que c'en était fini.

Toi, ma fille, tu as d'abord eu un élan de gaieté et de curiosité. Vous allez avoir un appartement chacun. Maman, tu vas trouver un nouveau mari. Tu l'as pris comme on prend la vie, assise à une belle table de bois avec des viennoiseries qui étirent la matinée. Tu avais envie de te projeter, de goûter, envie d'en savoir plus. Tu n'avais pas l'humeur au drame. Mais c'était inévitable, il fallait bien que tu voies ton frère, en face de toi, pétrifié de chagrin. Alors soudain, tu t'es levée, tu as renversé ta chaise et tu t'es réfugiée dans ta chambre. Nous t'y avons rattrapée, ton frère nous a suivis. On vous a tenus fort dans nos bras, une minute, une heure. Vos questions entrechoquées de sanglots, des silences qui palpitaient d'un bout à l'autre de la chambre, sur le jonc de mer terni qui recouvrait le sol. On vous aimera toujours. L'amour pour les enfants, c'est différent, ça ne s'arrête jamais. Ces mots qu'on vous prescrit. Ne soyez pas inquiets. Ce sont des histoires d'adultes. On restera toujours une famille. Et puis vous verrez, finalement, ce sera mieux. On sait que ce n'est pas facile. Bien sûr, on pourra toujours se voir. Ces mots qu'on vous a administrés d'une seule traite.

Pendant ce temps-là, toi ma bébée, tu dévalais les escaliers, tu courais, tu sautais partout, comme un jour sans mauvaise nouvelle. Tu ne sentais pas la pluie qui s'abattait sur toi. On s'attendait à ce que tu ne réalises pas, tu étais trop petite avec tes presque cinq ans. Mais on t'a vue lâcher ta collection de coquillages, tu les as posés un à un sur le rebord de la fenêtre, méthodiquement, sans précipitation, et tu t'es approchée de ton frère, puis de ta sœur. Ton visage étonné en constatant les dégâts. Tu t'es tournée vers moi : ils sont tristes parce qu'on ne vous verra qu'une semaine sur deux ? Tes petites lèvres tendres et rosées, tes boucles blondies, tes yeux tout ronds. Tu savais tout mais tu ne ressentais rien. Pas encore, pas ce matin-là.

Votre père m'envoyait des regards lourds, des regards insondables, lui qui faisait son devoir, pour vous. Lui qui savait que je ne pouvais pas revenir en arrière. Il n'y avait pas d'autre lieu où aller et il n'y avait pas d'abri. Il fallait le tonnerre et il fallait la pluie. Lui qui ne m'en voulait pas. Pas encore, pas ce matin-là. J'étais là, je vous serrais, je vous embrassais, je vous rassurais. Mais je courais sous l'orage, les bras levés vers le ciel, je demandais qu'on en finisse avec la touffeur, qu'on respire, qu'on lave la sueur, qu'on fasse ruisseler les larmes et la pluie. Je dansais sous la pluie, ailleurs, libérée et damnée. La culpabilité qui hurlait aussi. Regarde ce que tu as fait. Tu ne pourras plus jamais effacer ce moment, tu ne pourras plus rapprocher les bords de la plaie que tu as ouverte. Tu l'as fait. De quel droit. Tout le monde t'avait prévenue. Ils t'avaient tous dit de ne pas le faire. Pour leur bien à eux, pour eux qui n'avaient rien demandé. Tu viens de façonner le visage de leurs peurs, tu viens de donner un coup d'arrêt à leurs souvenirs d'enfant. Tu es fière de ça ? Leur vie au bord du ravin, leurs pieds dans le vide. Ne détourne pas le regard. Ne tourne pas la tête. Ne ferme pas les yeux. Regarde ce que tu as fait, Médée. Regarde bien, que tu ne sois jamais libérée de leur chagrin, que tu ne puisses plus jamais dormir. Médée. Leurs petits poings fermés la nuit, leurs cris de joie le jour. Foudroyés. J'entendais la culpabilité aux mille voix, le son de la calomnie, mais je dansais sous la pluie, en transe, je n'avais rien de la colère de Médée et je n'obéissais qu'à la vie.

Dans cette chambre usée de bord de mer, je vous voyais accuser le coup, mais au fond je ne croyais pas au drame. Cette tragédie n'était pas la mienne, ni la vôtre. Bien sûr, votre quotidien dessoudé. Votre ordinaire dissous, disloqué. Bien sûr. Mais je n'y croyais pas, à la fin de l'innocence. C'étaient des mots d'adultes tout ça. La poétique un peu naïve du paradis perdu. La tentation de la nostalgie, du regret, de l'âge d'or. Comme s'il suffisait d'un couple de parents sous le même toit. Comme s'il n'y avait pas, dans certaines familles, les coups parfois, la violence, les menaces. Et le peuple de ces adultes qui ont vécu des enfances de nuit, au motif qu'il ne fallait pas se séparer, que c'était mieux pour les enfants. Vous ne les entendez pas ? Ils ne parlent pas de paradis perdu, eux. Ils disent, eux aussi, qu'ils n'avaient rien demandé, qu'il ne fallait rien sacrifier pour eux, que le prix de ce sacrifice est une maladie héréditaire, qu'ils le paient encore aujourd'hui.

Au retour du week-end, le flot a repris. Une averse de questions putrides. Est-ce que tu as pensé à tes enfants. J'ignore tout de leur secret, de cette supériorité qui les place là, face à moi, dans un café ou dans un salon et qui les oblige, forcément, à me poser cette question-là. Leur air de il faut que je te la pose sinon je ne serais pas une amie. À chaque fois, j'ai eu envie de rire. Mes enfants… Tu fais bien de me le rappeler, j'en ai combien déjà. Attends, laisse-moi une minute, leur prénom va me revenir. Mais je n'ai rien dit, bien sûr.

Eux, ils n'ont pas d'importance. Mais à vous, je veux le dire. Je n'ai pensé qu'à vous. J'ai appelé l'orage sur nous, après une collision avec la vie. Elle m'a forcée à poser les casseroles, le linge sale et vos cahiers. Elle m'a regardée dans les yeux. C'est maintenant. Elle m'a montré le ciel. C'est maintenant. Plus tard, ce sera trop tard. Tu vas t'abîmer. C'est maintenant. Tu restes ou tu pars. Tu sauves ta peau ou tu fermes les yeux. Tu sais que tu auras de plus en plus mal. Tu respireras de plus en plus difficilement. Tu me vois maintenant et tu ne pourras en vouloir à personne. C'est maintenant. Il n'y a que toi pour décider, je suis là, tu me vois. Regarde-moi, je te dis que c'est maintenant. Dans cinq ans, il y aura les tentacules de l'amertume. Dans cinq ans, tu ne sauras plus qui tu es. Personne ne saura plus qui tu es. C'est maintenant. À ce moment-là, la vie ne m'a pas parlé de vous, parce qu'elle avait votre voix. Vous êtes ce qui ressemble le plus à la vie. Sauver ma vie, c'était sauver la vôtre.

Ces derniers mois, j'avais été une lionne en cage. Les coups de sang pour faire céder les barreaux, le sol usé sous mes pas de rage, l'obsession du dehors. L'énergie qui bat, qui tape, moi qui tourne toujours plus vite pour ne pas tomber. Vous n'étiez jamais assez rapides, toujours sur mon chemin. Alors j'ai appelé un orage torrentiel pour laver l'angoisse qui faisait son lit dans la maison. Le flot noir qui vous mouillait les pieds, le niveau de mon angoisse qui montait irrésistiblement à hauteur de vos genoux, et qui serrait vos cuisses. Vous ne grandissiez pas assez vite pour y échapper, je le voyais bien. Vous

auriez fait de beaux petits noyés, bien peignés, au visage bleui. Vous n'aviez rien demandé. Surtout pas une lionne en cage. Surtout pas un pur-sang qui cogne contre les parois de sa stèle, un pur-sang qui rue et qui crie. C'est ce son-là que vous auriez gardé de votre enfance, celui de la peur et de la colère. Ma colère et votre peur. Je ne voulais pas vous laisser mon enfermement en héritage.
Bien sûr, je me suis tout de suite sentie coupable. Ma culpabilité, c'était le prix à payer. La culpabilité face à tes larmes et à ton incompréhension, ma bébée, depuis que tu as réalisé et que tu nous as demandé pourquoi on ne peut plus habiter tous les cinq à la maison. Moi qui ai articulé laborieusement que ce n'était pas possible, parce que ton père et moi ne sommes plus amoureux. Et ton père, quelques mètres plus loin, pris par surprise, écrasé par le chagrin. Il aurait aimé que je ne dise pas cela, que je dise autre chose, je le sais. Toi aussi, ma bébée, tu aurais voulu autre chose. Vous aussi, les grands, vous faisiez semblant de ne pas écouter, parce que vous auriez préféré entendre que tout rentrait dans l'ordre. Je le sais. Mais revenir à la maison dans un raccourci sordide pour vous apaiser, pour soulager ma culpabilité, c'était ouvrir à nouveau les vannes des eaux noires de l'angoisse. Tout le monde aurait trouvé ça bien, de l'extérieur. Moi j'aurais vu les eaux lourdes monter à hauteur de votre taille...
Je refuse de voir ça et je refuse de fermer les yeux.
Je veux vous arracher au torrent, je veux vous porter

tous les trois hors des eaux. Même si vous êtes trop lourds maintenant, même si je glisse, aspirée par cette boue à peine sèche, même si je ne sais pas combien de mètres je pourrai marcher sous votre poids, combien de temps je pourrai encore tenir. Pendant toutes ces années, vous n'avez rien dit, mais vous avez vu les eaux monter, et vous aviez le front inquiet. Personne ne comprendra que je vous sauve, ils pensent tous que je vous noie. Vous, vous savez. Il n'y a que ça qui compte pour moi.

Je ne veux pas vous léguer le flot sourd de l'angoisse. Ça s'arrête avec moi. Je vous protégerai. L'amertume jamais. Les regrets jamais. On vous fera croire que j'étais folle, que j'étais dangereuse. Ne les croyez pas. Ces voix ne sont personne. Personne n'est plus fort que la tempête et vous êtes du bon côté. Il y a des vies pour rien, des vies qui ne cherchent rien, qui se cacheraient derrière vous pour ne pas chercher la joie et la grâce. Des vies qui se sabordent et qui entraînent tout le monde avec elles. Je vous dois plus qu'une vie pour rien. C'est maintenant que je dois rester debout, face à vos larmes, face à vos questions, face à tous les chagrins du monde. C'est à moi de rester debout. Vous, vous avez tous les droits, vous pouvez refuser, vous pouvez cracher, vous pouvez me demander de répéter encore et encore. Vous pouvez me détester. Moi, je n'ai pas d'autre chemin que votre visage. Je dois être là, mon corps, mes muscles, ma culpabilité. Je suis là. Je vous regarde. J'essuierai vos pleurs. Je relèverai vos

regards. Je tiendrai bon face à votre colère. Je ne plierai pas. J'attendrai, je vous attendrai. Et je vous dirai. Je vous raconterai. Mais je ne vacillerai pas. Je ne vacillerai pas.
Fiez-vous au sentiment de moi, à ma liberté nouvelle, à cette audace nouvelle, à cette joie qui jaillit et qui transperce les pesanteurs du passé. Cette joie, je vous l'offre, elle est pour vous. Ma liberté qui est aussi la promesse de la vôtre. Votre vie à construire.
Je ne fuirai pas. Je suis moi et je suis vous à la fois. C'est cela que je choisis de vous léguer, que la vie n'est jamais sûre et qu'il faut miser sur le courage et sur la joie. Vous survivrez, je le sais, le lien épais qui vibre entre nous me le garantit. Vous survivrez accrochés à moi, vous vous réchaufferez, vous échangerez des regards entre vous, vous reprendrez confiance, vous recommencerez à chahuter, à vous insulter. Je vous laisserai glisser un à un contre ma taille, et le long de ma hanche. Et je vous poserai à terre les uns après les autres. Je vous prendrai la main. Il n'y aura rien d'autre que ça, vos petites mains dans la mienne.
On reprendra les plaisanteries, on ajustera nos vêtements, on relèvera la tête, un peu sonnés, un peu éblouis. Et puis on verra l'étendue du monde, l'espace et la paix. Vous aurez appris le vent et les déluges. Vous saurez aussi le ciel frais et l'air clair. Mon sourire pour vous guider. Le reste, vous l'inventerez. Vous qui n'aurez plus peur. Ma liberté qui est aussi la vôtre.

Remerciements

Merci…

À ma sœur Rachèle qui ne m'a jamais laissée seule, ni vraiment en paix,

À Vincent qui y a toujours cru et qui me l'a murmuré les yeux dans les yeux pendant quinze ans,

À Julien qui a toujours voulu tout lire et qui savait que tout cela allait arriver,

À Frédéric, sa joie d'enfant et son leitmotiv affectueux : « tu es plus libre que tu ne le crois »,

À Loïc et son émotion qui ont tenu tête au doute,

À Catherine et Alix qui se sont levées parmi la foule pour venir m'épauler et qui connaissent le vrai,

Et à Laurent Gaudé d'avoir eu la générosité de me confier l'une des phrases de *Paris, mille vies*.

NORD COMPO
multimédia

Composition et mise en pages
Nord Compo à Villeneuve-d'Ascq

Imprimé en France par CPI
en mai 2021

Dépôt légal : août 2021
N° d'édition : L.01ELJN000998.N001
N° d'impression : 163496